摩丑世代

Los asquerosos

聖地亞哥・羅倫佐——著
Santiago Lorenzo
劉家亨——譯

1

他於一九九一年出生於馬德里。他的父親是個沒有人在意的傢伙。母親也差不多，是我那個不曉得已經多久沒見到的前妻的妹妹。他就只有我這個姨丈。

他年僅十一歲。看著他小小年紀就在網路上找工作，實在令人感到欽佩。但他年紀那麼小，不但沒有人會僱用他，連他自己也是抱著隨緣的心態在找。然而，打從小時候起，馬努爾便開始探索置身於這個世界之中是怎麼一回事。

馬努爾是假名。我不該透露他的眞名。

他是現今人們稱之爲「鑰匙兒童」的小孩。他的爸爸媽媽，不曉得是工作繁忙還是紅杏出牆，從來都不在家。他總是將家裡的鑰匙掛在頸子上，因爲放學後沒有人照顧他，這處境可以說是缺愛，且艱苦。許多孩子若缺乏關照，隨著時間一年一年過去，不是開始搞自殘、玩起病態的角色扮演遊戲，就是飆車摔個渾身稀巴爛、罹患厭食症，或者多愁善感過了頭。

馬努爾並沒有落入上述這番田地。他是疏於關照的受詞，他將缺乏照顧的優缺點一一列下，接著陷入思索。對他而言，無人照顧顯然是他走運，他由衷感謝父親時常不見人影，因爲如此一來他就不必忍受許多蠢事。他覺得空無一人的家像是由他主宰的空間，像是一座營寨，而他年紀輕輕，就成了這兒的老大。

他覺得那些「非鑰匙兒童」很可憐，他們餐桌上擺放著點心，但代價是被剝奪了獨處的機會，既沒辦法好好思索自己的事情，也失去了自己偷偷做一些小壞事的機會。馬努爾突然間就獨立了起來，很快便學會煎歐姆蛋捲、用禮物包裝紙包裹書本，懂得在沾到油漬的衣服上撒一小撮麵粉，避免油漬擴散。

某日，馬努爾修好一盞檯燈的插頭。他把這件事當作是祕密，因爲他曉得爸爸媽媽會責罵他亂碰電器。家裡的檯燈是自己修好的。有時候，根本沒人搞得懂這些玩意兒是怎麼一回事。馬努爾開始絕口不提他做得好的事。他對電子設備產生了興趣，把他修理檯燈時用的那把螺絲起子當作護身符，實用，不具備任何魔力，但依舊帶給他好運，尺寸不長不短，半透明的黃色握柄閃耀著令人無法抗拒的光芒。馬努爾是個巧手小匠，而且之後變得越來越厲害。

遇到爸媽時，馬努爾總是對他們百依百順的，試著理解他們口中說出的蠢話，對他們幹的荒唐小事視而不見。爸媽回家後，見到他們意志消沉，馬努爾會鼓勵他們，試著安慰他們。但要是爸媽的情緒跌落谷底，他則會閃到一邊去。總之，打開天窗說亮話，馬努爾覺得他的爸媽很可憐。至於我們其他人，接下來這句話聽了也別大驚小怪——在馬努爾眼中，我們也是挺可憐的。

馬努爾和我一樣，身材短小，身高成長來到一百五十七公分便戛然而止，不再繼續縱向發展了。

他天資聰穎。若讓精神科醫師對他進行智力測驗，他會被鑑定爲智商超拔。然而，上述的情況根本沒發生過。有一回他拒絕進行智力測量測驗，說反正智力這種東西無論測定結果爲何，還不是一定得使用它，那又何必要測。他這才叫做展現過人智力。要是哪次馬努爾拿自己的智商說嘴，肯定是在胡扯，他這是刻意拿掉智商裝笨，曾經靠著裝傻占盡他人便宜。

他很有學習的天賦，無須精密的工具，光憑藉一般的器械，睜大眼睛仔細觀察，便可以無師自通。他透過聽廣播學習英語，沒參加任何課程或補習班。他光是觀察公車司機如何開車，就在駕訓班突飛猛進。他自垃圾箱撿回許多機器，一一拆解，摸明白它們的構造。

他渴望知識，渴望動手做些什麼，總是仔細觀察事物，做起事來也相當謹慎。他找了許多事情來做，我不曉得他是在檢查機器構造啦，在翻閱書本啦，還是望著窗外發呆啦，諸如此類的活兒。重點是要讓頭腦和手指動起來。我記得有天我倆在聊一個老梗的話題，說要是神燈精靈出現在面前，我們會許什麼願望。我一向不是很有創意的人，我許願可以騰空飛行或隱形。

而馬努爾竟然說他對我這兩個願望完全不感興趣。他說飛，他已經會飛了，使用Google地圖翱翔。他也覺得自己已經像是個隱形人，因爲他不覺得有任何人注意到自己。他說他要許願不必睡覺，說當他在忙自己的事，忙到最起勁的時候眼皮卻開始闔上，絲毫無力與睡意抗衡，實在是操他媽的煩死人了。他說他會選擇擺脫這種奴隸制度，清醒站著度過餘生。衆人皆睡我獨醒，怎麼不迷人。

馬努爾的好奇心旺盛。我們來想像一下，若他在法庭上被惡意判處槍決，肯定也是會不爽的，想也知道。但另一方面，槍決是一種新鮮得無可辯駁的體驗，而且體驗機會可不多呢，平凡如他，肯定也會感到十分興奮，肯定也會正面看待這種赴死方式的。

他做起任何事來都是一絲不苟。在電子郵件裡引用電影時，還會特地將片名標爲斜體的呆瓜，我就只認識他這麼一個。這僅僅是其中一個例子，任何需要嚴謹對待的事物，他的標準沒有最高，只有更高。

他渴望與人往來，總說自己什麼都不想錯過，倘若在一座城市內他無法澈底理解每一個他讀到或聽到的字，那這座城市就不是他能夠落腳的地方。馬德里是個人滿爲患的首都，由於他什麼都不想錯過的關係，他無法居住在比馬德里小的城市，老是說若哪天他想搬家，除了跑去布宜諾斯艾利斯或墨西哥市定居，沒有別的選項。

然而，有一件非常戲劇化且令人惋惜的事常常發生在馬努爾身上。那就是他一片好心，想要上街認識街坊鄰居，卻遇上重重困難，交不到朋友。說來也令人心痛，在與他人和睦相處這點上，馬努爾眞是不拿手到了無可救藥的地步。

他非常想要四處逛逛，和別人一起出去逛逛，一起漫步於馬德里，幹點什麼蠢事，和一群親愛的朋友們混在一起，上午談天說地，下午穿梭大街小巷之中，晚上飲酒作樂。但他辦不到。這令他感到痛苦不已，就好比有些人全心全力積攢財富，卻四處碰壁，屢屢失敗，不是成功一半，就是一敗塗地。馬努爾的朋友可謂是寥寥無幾。

馬努爾之所以和別人處不好，也許是因爲與人相處這件事本身就令他感到無比焦慮。若被人察覺他想要與人稱兄道弟的心願，他會覺得很羞恥，與人親近也不是，與人疏遠也不是，煩惱得不得了，根本交不到朋友。人們察覺到馬努爾過於渴望交友——這同時是將人拒於千里之外的著名手段——許多本有可能成爲他好兄弟的人都悄悄溜走。在不認識馬努爾的人眼中，他很煩人，而他剛認識的人之中，也沒有人眞正認識他，「剛認識」這個詞就說明了一切，盡在不言中，無須更多解釋。

我好幾次星期五和馬努爾出門蹓躂（我大他個三十歲，竟然還一起出去玩，能看嗎）。每每看見他人圍起的圈圈、他人的小團體還有年輕小女生時，他總是以既欽佩又嫉妒的目光盯著人家瞧。他從來都沒釣到什麼妹子，把妹手段很差。

不用說，亂槍打鳥搭訕的結果肯定很糟，倒還不如不搭訕，更何況對象是女孩子。用膝蓋想也知道，馬努爾在這方面時常搞砸，丟臉丟到家。有時候他跟白痴沒兩樣。不過，他也交過幾個女朋友，但那幾段戀情都沒有修成正果，而且通常不是他了斷的。女孩們的再見令馬努爾萎靡不振，如病痛般糾纏他好幾個星期，簡直慘不忍睹。

2

馬努爾喜歡電線、小輪子和按鈕之類的東西。他在一所職業學校修了工程學，並於二〇一三年取得大學學位。這會兒他已經找了三年的工作，這次是認真地找，以大人的身分找。他感覺自己急需搬離父親的家，急需拋棄這個屋簷下的居民。

然而，打從開始找工作那一刻起，無論有文憑或沒文憑，馬努爾都宛如佇立在恐怖的求職荒漠之中。大環境對他不利，危機日益膨脹，棘手難纏，失業指數高得直達天際。這情況無疑是十分惡劣，好似一樁安裝了針孔攝影機偷拍的整人節目，整個製作團隊同一時間全死了，沒有人喊卡，沒有人告訴大家一切只是惡作劇一場，沒有人宣布現在大家可以回到正常的生活了。而這場惡作劇自顧自地進行下去，剪不斷理還亂，造成的誤會越來越站不住腳。

事實上，馬努爾的第一份工作（在一間園藝行看管袋裝肥料）是完成學業後才找到的。他只幹了一個夏天，之後他便跑去幹別的活兒（在一間大型文具店當店員），也只幹了一個耶誕假期。他還做過其他工作，爲期最長的是在萊加內斯的一間穀物倉儲擔任代班支援雜工（正職的老兄從來都沒出現過）。

就這樣，馬努爾磕磕絆絆地過了兩年，什麼活兒都幹，不讓各個工作階段之間有空窗期。他老是做一些賺錢效益薄弱，且與他的志向期望無關的差事。而由於人員精簡的緣故，工作量變得越來越大。

總而言之，那段時期的馬努爾的故事沒有什麼特別的。他和芸芸衆生一個樣，就連撇個尿都是匆匆忙忙，就怕工作機會找上門，自己卻漏接了電話。

那些年馬努爾的身上彷彿帶了個裝滿時間的袋子，取之不盡用之不竭，恣意投注時間於工作上。那兩年間，他除了領班、小組長和區域經理所吩咐的命令，幾乎無心思考其他事，肉體和心靈全傾注於工作上，任何與他的打工扯不上關係的事，他都沒辦法做，就連搭乘地鐵和公車的通勤空檔，他都沒辦法閱讀、沒辦法聽廣播學英語、沒辦法吸收工程學相關資訊替自己充電、沒辦法思考縈繞在他心頭的千萬思緒。

他不得不捨棄這些事物。這麼做大大傷害了他的情緒，因爲他天生就是個積極有活力的人。然而，帶著大包小包的家當，從一個鳥地方搬到另外一個半斤八兩的鳥地方時，他可是一點幹勁都沒有。這費了他九牛二虎之力。他的志向、他的興趣、他的嗜好以及他自得其樂的發呆幻想，這些全都得捨棄，或者放逐到怪異的時間區塊去。除非神燈精靈現身，賜予他免睡金牌，不然他只能向睡意盜竊時間。

馬努爾應急的打工對他來說是百害無一利，簡直就像是綁架了他。做爲慰藉，他常常盯著賺來的錢。他幾乎沒碰過這些錢，因爲錢被他編入了未來離家出走時隨身帶走的銅板大軍之中。他騎驢找馬，就怕哪天給他歪打正著，找到更好的職缺，薪水更多、工時更短，還能讓他學以致用。

總之，我認爲馬努爾在研究職缺時，比起薪資待遇和休假天數，他更在意的是業主在公司人員編制上有沒有安排同事給他。他想跟公司的男男女女交朋友，想跟大家一起規劃休假要做什麼，下班後想跟大家一起出去蹓躂蹓躂。然而，他逐漸意識到上述這些事都不會發生。

馬努爾就這樣於人世間遊蕩。二〇一五年六月，他加入一間公司，算是成了正職職員。天生正向樂觀如他，居然以爲這份工作會和他的工程學專業沾上邊，殊不知根本沒這回事。那是一間小小的輔助公司，隸屬於一家龍頭電信業者之下，人員編制有一名負責人和二十二名電話接線生（什麼工程學的壓根兒不存在）。他們接聽有關手機和網路方面的客訴。起初，這份工作還算不錯。

然而，兩個星期後，馬努爾開始感到不悅，開始懷疑他們到底在做些什麼。電話接線生——他本人——負責聽用戶打電話來發牢騷。他們不是抱怨資費太貴，就是抱怨總公司賺錢吃相難看，比方無緣無故重複收了兩次費用啊、無緣無故又多了什麼帳款啊、資費變來變去啊、帳單上多了沒消費過的項目啊，諸如此類無中生有的電信稅。

接線生必須將客戶的電話轉到更高級別的主管，以尋求解決方案。馬努爾注意到許多客戶打完電話的隔天又會來電，然後再隔天又會再回電，因爲他們的問題依然沒有解決。他的預感告訴他，客戶的客訴被人刻意忽視，等到他們客訴得倦了就沒事了，這不用多久的時間，很高比例的客訴案件最後都是這樣不了了之。許多人根本沒意識到自己被敲詐了，因爲他們根本沒有檢查帳單的習慣（因此他們根本不會打電話來申訴）。另外一些人生性害羞，把這件事擱著，因爲申訴對他們來說太困難了，他們寧可損失金錢，也不要把整個上午的時間都耗在抱怨上，反正最後得到的答覆都是「依照公司規定處理就是這樣喔」。這麼想也算是有好處。客戶非得要來電客訴個N次，公司才會將不當收取的費用退款。而接線生用的電話很破爛，時不時就會通話中斷，連脾氣最好的人都被惹得耐性全失，火冒三丈。

負責人佯裝不曉得他們這都是在搞些什麼把戲。他們這支基層部隊將客戶的來電一轉再轉，跟客戶解釋的內容，就連他們自己聽了也是一頭霧水。若這一點爲眞，那麼這幫人的工作環境也算是挺辛苦的。某日，辦公室內謠傳說某人要被炒魷魚了，有那麼一度除了當事人本人，所有人都知情，而且那天還是那傢伙的生日。接線生和負責人都是一群「私殼族[1]」，異口同聲嘻嘻笑笑地說「被開除的那小子十分『出』衆喔」，然後摀著嘴巴大笑。然後那傢伙就被炒了（還有另外兩個愛打小報告的同事也是，他們的臉色想必好看不到哪裡去）。那兒的職場環境就是如此，還想要交什麼長久的朋友喔。

公司每個月支付員工一張紫紅色的五百歐元鈔票，就那麼一張。誰多討個幾毛錢，就跟生日當天被革職的那位老兄一樣，準備回家吃自己吧。這份薪水眞的少得可憐。

然而，馬努爾有記帳的習慣。這兩年掙的錢，他幾乎都存了起來，手頭上有四千歐元，還有一份工作，儘管職場環境那麼鳥，他還是打算硬撐下去。他買了一台電腦和一輛五手小車，積蓄的四分之一就這麼噴了。二〇一五年七月，他終於展開獨立生活。

馬德里的氣氛熱鬧，市中心朝氣蓬勃，吸引著馬努爾。他搬到市中心的沒落城區，那兒人口稠密，無論白天黑夜，若想要跟人混在一起，那兒再適合不過了。

他租了一間公寓。那地方實際上是一個老舊辦公大樓，辦公區被改建爲一間辦公室大小的小住宅，整修的幅度不大，裝修許可肯定還沒發下來。而馬努爾天性樂觀得無可救藥，也只有他會把這種地方稱爲公寓。他在那兒租了一個小隔間，且付得起獨立衛

1. 本書的原文書名*Los asquerosos*在西班牙語中是「令人噁心之人」的意思。作者借用Asquerosos一詞來代稱現代社會中某些以自我為中心的人，音譯為私殼族。

浴。這棟大樓裡裡外外看起來都跟他上班的公司大樓沒什麼兩樣，今日依舊佇立於蒙特拉街中段的位置。蒙特拉街偶有衝突事件發生，租屋行情一直以來飽受衝擊。

房東是這整棟大樓的屋主。我本人沒有和他打過照面，但根據馬努爾的說法，那人肯定是那種好像一隻腳聞起來很臭但另一隻腳聞起來不臭的怪叔叔。他的算盤尤其打得精，專揩別人的油，是個臨床上的吝嗇鬼。聽說三月分的某個週末，他下榻某間飯店，星期日凌晨剛好碰上夏令時間開始，時間撥快了一個鐘頭，他居然因此要求飯店給折扣。他就是個爛人、小氣鬼、一毛不拔。私殼族。請他修理暖氣或更換水龍頭，基本上沒什麼意義。

值得懷疑的是，他在他的包租生意上耍了些奇怪的把戲，他對簽合約沒興趣，也不接受轉帳，房租都得以白花花的鈔票親手支付給他，而且還得預繳。但馬努爾希望租屋形式上看起來像一回事，這個企圖真怪異，非常的馬努爾。他就是想把事情做好，於是決定要給房東一份他的身分證影本。最終，他幾乎是死纏爛打，堅持要房東收下他的證件，對方才收下。

二〇一五年的西班牙，在住宅的相關法規上並不是非常周密。都更拆屋改建時期，就心理經濟學角度來看，房市好似地產大亨遊戲，玩的時候得使用光面骰子、不同的貨幣單位，而且每條街道都是相同的顏色。而馬努爾對違法亂紀的事很反感，他追求一點點的合法性，於是他才把身分證影本交給房東。租屋，就要堂堂正正地租。

說起錢或是工作，我一直以來都沒有順遂到哪裡去。我大學讀的是心理學，工業心理學的分支，勉強稱得上是從事人力資源相關的工作。那陣子，我自己的人脈資源都沒辦法讓我過上體面的生活了，每次想到這兒我都會苦笑得整個人蜷縮起來。就業大環境十分艱苦，我也身受其害，失業了好一陣子，與妻子離婚，還得支付兩個孩子的生活費，眞是把我給榨乾了（但我不得不說這錢算是花在刀口上，我擺脫他們三人了）。

我日子過得潦倒歸潦倒，還是想幫忙馬努爾，想改善他的收入和居住品質，便提議給他一筆微薄的錢，但被他拒絕了（還好他沒接受，我自己都沒有的東西，居然還想要給他，我到底是何苦呢）。馬努爾之所以拒絕，不是因爲他想要裝瀟灑，或是其他有的沒有的原因，而是因爲他認爲自己的生活拮据，最終還是得靠自己來解決。他之所以遷就於這份工作和這間狗窩，是因爲他曉得他還不清楚自己哪方面厲害。

社會上那些握有資源的特權人士過著揮霍的日子，他卻必須受盡苦難，他也是認了。大環境衰退，要樂觀也樂觀不到哪裡去。這是馬努爾說的，他說他監視著柵欄，等著哪個柵欄打開。

馬努爾帶著他的家當，在蒙特拉街的狗窩安頓下來。鄰居個個都很冷漠，八成是因爲隔間太狹窄，害大夥兒的靈魂都縮水了。他在那兒住了兩個星期，沒跟任何人說過半句話。每條走道的左右兩側滿滿都是門——其實就是很難拉的拉門——也使得大家沒什麼與人往來的意思，更別提馬努爾是個寡言的傢伙了，無論他有多想跟大家交朋友，也沒有人願意理睬他。

3

馬努爾成爲獨立自主公民的第二個星期五午後，事情發生了。當時他正準備要離開他那個垃圾箱公寓。他花了好一段時間尋找一間店，想買一個有著星形開嘴和活塞、且兩側有握柄的吉拿棒擠壓器。最後，他在德力西亞斯大道上找到一間五金行有販售，那天他正要過去那兒。

當時天色風雨欲來。夏天的馬德里下起雨來，往往都是一發不可收拾。馬努爾一把抓起他那把售價三歐元的雨傘，省得最後眞的下雨，還得掏出三歐元再買一把。他離開他的小隔間，彷彿出於習慣，選擇徒步爬下樓梯，來到門廳。

他感覺門外的街道比平時來得吵雜，噪音也更加劇烈。他微微推開木製大門，想看看外頭到底在搞些什麼，看見許多人順著下坡，往太陽門廣場的方向狂奔而去。那些人是一場示威遊行的餘黨。活動遲遲沒有散會的意思，輪到警察部隊介入驅散民衆，現場反而越是各種騷亂層出不窮，越拖越長。只要當局想在這類活動中插手維持秩序，場面就會越演越烈。

突然間，大門打在馬努爾身上，撞到他一邊眉毛。一名年約三十的大隻佬自外頭先是捶了門一下，接著用肩膀猛頂門，以拔山倒樹之勢撞在馬努爾身上，衝進門廳。男子身穿便衣，右手拿著一支伸縮警棍，脖子上掛著一面鎮暴警察的警徽吊牌。若這傢伙是名祕密警察，那他根本算是連演都不演一下。

示威活動並不是在門廳內進行的，通常不是。門廳內沒有示威者需要驅散。然而，那名員警將身後的門關上，認定馬努爾是其中一位示威者，正在尋找藏身之處。事實上，馬努爾根本連這場抗議遊行的訴求是什麼都不曉得，之後也不會知道。員警絲毫不掩飾他心中的怒火，輕聲對馬努爾說了一段打油詩，「小矮冬瓜，閉上嘴巴」，語氣既沒有禮貌且咄咄逼人，影射馬努爾的身材短小。

門廳內沒有其他人在場，相當隱蔽，員警的膽子也因此大了起來。他撲向馬努爾，將他頂在信箱牆上，持警棍的那隻手猛力一揮，軌跡不偏不倚地落在被他壓制住的馬努爾身上。他就是鐵了心要毒打馬努爾一頓，沒有爲什麼，也許是因爲馬努爾讓他回想起了某個誰，也許是因爲他是個道德魔人，或者是因爲他在工作上很衝，反正不管原因是什麼，他動手揍人了，想要逞凶鬥狠反而顯得一臉痴呆，看起來笨得可以，八成連在窗口塡個表單都不會。

每當遭遇驚嚇時，馬努爾總感覺許多複雜的詞彙朝他襲擊而來，腦海中浮現許多句子，他是怎麼想也想不明白，比如「這傢伙是他媽的爲什麼襲擊我？」或是「這傢伙是他媽的爲什麼突然冒出來？」他不過就是正要走出門廳，要去買個吉拿棒擠壓器，就被這名便衣員警撞見，被他揍得七葷八素。

馬努爾隱約猜到若自己不趕緊採取行動，這場插曲將會如何落幕，結果不只是被一陣亂棒毒打而已那麼簡單。他有個不祥的預感，感覺這個法治政府將迫不及待要以「非法治」的手段來對付他。他懷疑就算自己乖乖吃這傢伙的棍子，然後若無其事地前往德力西亞斯大道的那間五金行，這場天外飛來的鬧劇也不會就此劃上句點。這名領月俸的人民公僕爲了自我防衛，想要侵占他的空間。

兩人的體型差異甚大，那名警察可是能夠活活打死馬努爾的，但對上他這個小不點，害警察澈澈底底錯估情勢。馬努爾選擇自我防衛，抵禦這場沒來由的攻擊，對抗這個占盡上風的對手。

他的手在口袋內抓緊他的螺絲起子護身符。打從那天修好檯燈開始，他就一直將螺絲起子帶在身上。他冷不防地掏出螺絲起子，尖端對著眼前襲擊他的警察猛力一捅，瞄準他赤裸的頸子。他刺中了。警察撒手放掉警棍，雙手摀著脖子。

馬努爾飛快地跳了起來，重新站直身子，穿過門廳。他不曉得自己那一捅有多厲害，不曉得捅出來的傷口是否嚴重，是皮肉傷，還是必定要了那警察的命。螺絲起子上有血，這點毋庸置疑。他刺中了，但他完全無法確認自己的武器對那名鎮暴警察造成什麼程度的傷勢。

二〇一五年七月，一套新的法規早已上路，重新定義了公民和治安部隊之間的關係。在書面上一切聽起來無比美好，但這條新法明定只要民眾對警察口出惡言，或是單純拍攝警察的照片，或是意見相左起了爭執，或是手指間輕微的肢體接觸，都將判處能讓人傾家蕩產的罰款，以及比以往更長的刑期。

實際上，這條新法使警察儼然成爲武裝法官，他們的證詞也值得被好好檢驗。新法條也讓警察變得幾乎是天不怕地不怕，而頒布新法的政府就像是在向警方獻殷勤，試圖將他們變爲自己的禁衛軍。比起七〇年代的小混混——以我這把年紀而言，曾有幸與他們交手——二〇一五年的警察更值得讓人退避三舍。小混混持刀搶你個一百比塞塔[2]，只會減輕你荷包的重量，但你不會被抓去坐牢，不會被逼著繳納天文數字的罰金。

門廳內發生的這件事會被認定爲襲擊國家警察的恐怖攻擊。只要批評警察一句，多看他們一眼，或碰他們手臂一下，民眾的帳戶就可以被查封，就可以被關進大牢，證詞再多都一樣，更何況流血攻擊就是流血攻擊，有什麼好說的呢，就算動手的理由再充足都一樣。馬努爾所犯下的暴行，按情節輕重，依據新法條文有十五至二十年的訴訟時效。至於罰金，他這兩年來所積攢的那一丁點錢、他那輛廉價的破車，以及他這輩子到死前所賺的每一毛錢，全都會被拿走。而這一切，就因爲他自衛的緣故。

他大可以用「正當防衛」這點來辯解，電影中常見到這個法律概念，但電影中的司法世界大概也是爲了電影而特別設計的。此時、此地，這個概念不一定有效。

那名鎮暴警察原地不動，頂著信箱牆呻吟，彷彿久候著一封永遠也不會寄達的信，心痛不已。

馬努爾三步併作兩步，衝到大門口。握住大門把手前，他看見一個他先前從未注意到的玩意兒。那東西用一隻大眼盯著他，一個眼球罩子，他才開始動身離開，就死盯著他不放。那是一部監視攝影機，自門廳一角的高處嘲笑著馬努爾。攝影機就在那兒，固定在牆壁上，傾角四十五度，整個門廳內的空間一覽無遺，任何細節都不放過。

監視攝影機的鏡頭直直對著馬努爾，彷彿在替一隻昆蟲拍攝紀錄片。然而，恰好就在馬努爾跨過門檻前，他的自我保護意識要他待會務必避開其他裝在大街上的監視攝影機，因爲不出半個小時，警方就會開始檢查這些攝影機的錄影畫面。馬努爾靈機一動，先是撐開雨傘，才步出門廳，接著一鼓作氣走出大樓，移動時用打開的雨傘遮掩頭部，

2. 比塞塔是西班牙及安道爾在二〇〇二年歐元流通前所使用的法定貨幣。

把傘壓得低低的，頭殼都頂到傘骨了。

示威者依舊在街道上奔跑。馬努爾的那把破傘給了他雙重保護，一方面遮住他的臉，另一方面是這個雨具和一般路人所使用的並無二致，他不出一眨眼的工夫便沒入熙攘的人群之中（示威者被警察揮舞著警棍追著打，跑都來不及了，哪裡還有那個閒工夫打傘）。總之，雨傘讓警方沒注意到他。

馬努爾朝著北方前進，步伐緩慢，像是身形龐大的行人。他混入人潮之中，讓其他人的身體稍微遮掩他，避免被監視攝影機的鏡頭拍到。根據警方的位置，示威者時而大膽，時而謹慎，東奔西跑，成了他的移動式屏風。他也用尼龍傘皮遮擋他的綠色長外套，雖然沒完全遮住就是了。他比較不擔心雙腿的部分，因爲他這天穿的是常見的藍色牛仔褲，就跟大家一樣。行走時，他雙眼緊盯著地面，空閒的那隻手遮著臉，看起來彷彿牙疼，或者紛亂的現場令他感到不悅。

他往人多的地方走，一路來到格蘭大道，在那兒搭了輛計程車。格蘭大道的車流交通最爲混亂，最難用視線追蹤車輛。他搭車過來我家，沒有給司機我的地址，而是要司機載他到距離我住處五百公尺的一條路（我住在拉斯繆思站，而他給的下車地點是托雷雅里亞斯站）。

抵達目的地時，馬努爾裝作長外套穿起來不舒服的模樣，將外套反穿，灰色內襯朝外，試圖換個模樣。這衣服反穿看起來還眞怪，但他穿起來不怪。他付了車資，和先前離開門廳時一樣，人還沒踏到外頭，便撐開雨傘。這麼做並非多此一舉，因爲雨水已開始落下。他下車，徒步走了半公里，來到我家。

我住的社區街上沒幾台監視攝影機，但不怕一萬，只怕萬一，馬努爾的頭藏在雨傘拱頂之下，宛如一粒躲在蛋殼下的蛋黃。路上他爲了預防手機定位洩露他的行蹤，將手機SIM卡拆下，扔進水溝，接著把手機丟到某個垃圾箱底部，斬斷任何手機和他蹤跡之間的連結。他多希望垃圾車快快經過，希望幾個小時後手機就在市立垃圾場內被燒得冒煙了。

若馬努爾已成爲門廳監視攝影機錄影畫面內的男主角——門廳亂鬥的男主角——那麼他所做的這些預防措施一點意義都沒有。想到這一點，他就很難受。

馬努爾身上沒有手機，沒辦法通知我他抵達了，便按了我家的門鈴對講機。起初我並沒有開門，我從來都不隨便開門。因此，他開始狂按門鈴，因爲他知道我的這個習慣。最後，我感覺肯定是出了什麼大事。他看起來眞是他媽的狼狽至極，就連影子都顯得蒼白。

4

馬努爾什麼話也沒說，拎著我的袖子，把我拉進房，一路來到我這個失婚男子公寓中最深處的房間，在那兒對著一疊剛熨燙好的衣服，將事發經過和我全盤托出。

最棘手的部分是監視攝影機，破爛東西，咄咄逼人，好似一把雷射槍，瞄準著他，瞄準一切。

警方八成會猜到那名襲警劍客就住在同一棟大樓內，應該會直接找上房東，問他是否知道監視錄影畫面中手持螺絲起子的傢伙是誰。而房東八成會招供說馬努爾就在租賃房客名單中。馬努爾認爲租屋該提供的證件就不能不交給警方，先前可是費了好一番工夫，才讓房東收下他的證件影本。天大的錯誤。警方問起房東時，房東會自檔案夾中抽出租賃房客的證件，現在光想到這一點，我倆就害怕得不得了。馬努爾的臉被監視攝影機拍下來了，警方只需簡單查閱硬碟內的影像，就可以查出他的名字。而馬努爾無論做什麼事情，一旦出示身分證件，就會被直接關入大牢。

警方大概已經知道馬努爾的長相了。他得把臉遮住才行，千萬不可以和任何人見面，也千萬不可以被任何人看見。這是最基本的預防措施，也最爲關鍵。他不該和認識的人說話，也不該和陌生人說話，任何擁有出生證明的活人都不該看見他的蹤影，或者聽見他的聲音，否則麻煩將一發不可收拾，最終會害死他。

我猜我倆都考慮過自首這個選項。這件事打從一開始就有諸多不利於他的條件，我當然考慮過讓他去自首，但我倆終究都沒有把這個念頭說出口。這個時代的法律保障變來變去，朝令夕改，只符合部分人的利益，出庭說實話還眞是好傻好天眞。該尋求其他途徑了。

我倆都沒有可以依靠的對象。我想不到可以尋求協助的人名，我從來都沒和任何人密切往來。就這一點而言，我倆還挺像的。我們很快發覺，就算手上握有一份長長的名單，就算有許多朋友可以拜託人情，我們也絕對不會動用。這件事連我們自己都必須守口如瓶，怎麼能夠向別人透露呢。

種種情況可謂是愁雲慘霧。我倆開始回想讀過的小說，頓時靈光乍現，比一旁的檯燈照得還亮。某些我倆採取的預防措施根本沒什麼道理可言，但再多的手段在我們眼中看來都不夠多，都是不可缺少，且沒有問題。

火速離開馬德里才是上上之策，先溜之大吉，等到事件釐清之後再回來。馬努爾欺騙自己，說服自己有時候事件會隨著時間慢慢被沖淡。馬德里八成已經舉城鋪天蓋地在尋找他的蹤跡了，他得離開，逃到哪裡都好，找個地洞躲起來，而且今晚就得動身，馬上閃人，以便爭取時間。夜晚光線昏暗不明，有利他隱藏面容和車牌。

我們整理了一份資源清單（經濟資源、物流資源、運輸資源），藉此清點我們手上屈指可數的救急物品。

馬努爾身上有二十三歐元、身分證、駕照、醫保卡、銀行提款卡、幾包面紙和他那把螺絲起子。螺絲起子尖端有著褐色的血漬，我們用水和酒精清洗了一遍。

至於錢，正如我先前所言，我自己也是相當拮据，不過還是能夠捐助他一些。到頭來，我能給他的錢少之又少，令人羞恥的金額。

馬努爾存了一筆錢，本打算用於初次獨立生活上，不料獨立就在剛剛宣告失敗了。錢存在一個活存帳戶內。二〇一三年，謀得第一份工作後，他開了這個帳戶，將地址登記爲父母親的家，因爲當時他還不曉得是否有朝一日能夠搬到其他地方生活。如此一來，我們留下的足跡又變少了。我們得把錢全領出來，因爲我們將會非常需要錢。我會負責提款，之後再想辦法把錢送到他手上，不是給他現金，而是把這筆錢變成民生用品再給他，因爲他連一般的商店都去不了。

馬努爾給了我他的銀行提款卡和密碼。自動提款機的單次提款上限爲四百歐元，我得小心行事，每次提款都得間隔一段時間，前前後後提款七次，大概可以讓他的帳戶餘額歸零。馬努爾可稱不上是富有啊。

我也必須結清他的帳戶，抹除他在這世上留下的一切痕跡。我手上有他抄給我的密碼，可以遠端申請註銷帳戶。這件事我會在我家中處理。

馬努爾身上沒有手機。手機這種玩意兒爛歸爛，但又不可或缺，因爲手機是他聯繫我的媒介。

正常情況下，我早就在網路上開通好一個手機門號了。然而，開通後的卡片會以信件寄送，要耽擱個幾天才會送達，我們哪有時間等。現在才傍晚七點鐘，我把馬努爾留在家中，自行趕往電信公司。我在那兒申辦門號，門號掛在我的名字下，費用由我的帳戶轉帳支付。電信公司給了我新的號碼和一支裝有卡片的手機。卡片是給馬努爾的，手機不給任何人用。

我家裡有兩支老人手機，「智障型手機」，本來不曉得該丟到哪裡，才不會汙染整個社區，只好連同充電線一同收在抽屜內。與後來生產的手機相比，比較難透過定位搜查這種老式設備的位置。

我替兩支手機充電，其中一支是給馬努爾的。我在手機內插入新的卡片，輸入PIN碼。他不會打電話給任何人，甚至不會打電話找我，這麼做是爲了不讓任何手機裝置記錄下他的號碼。一定是由我打給他，用第二支「智障型手機」打給他，同樣很難被查到通話位置。每次與他通話，我會從我平常使用的手機拆出卡片，插入這支舊機中。他的名字不會出現在這兩支手機中。我們將於每天下午四點鐘通話。

馬努爾不該遇到任何人，他該去哪兒替這支手機充電，以及如何充電，變成了眼下最主要的問題。舉凡酒吧、圖書館、社區活動中心和客運站，他都不准去。他不行去任何有人類在場的場所，換句話說，他可以接近插座的機會十分受限。

我從來都沒學過開車，對車子是一竅不通，但馬努爾替我惡補了電器和汽車的最新資訊。也許有什麼我們能利用的資源，就算是很難用也無所謂，因爲不過是暫時修補、緊急補丁，幫不上什麼大忙。

有那麼一段時間，根據汽車在公路上消耗的汽油多寡，馬努爾可以把車上的點菸器拔出來，替手機充電。我還留著點菸器的轉接頭，但我根本不曉得它的用途爲何。只要有燃料可以發動汽車，電瓶的電力就不會自己耗盡，意味著馬努爾就有手機可以用。只要汽車的電瓶不會因閒置而掛點，甚至還可以撐一段時間。

然而，汽油會越用越少，手機電池最終勢必也將耗盡。我倆都認爲不可以就這樣大剌剌跑去補充汽油，因爲這麼做會留下許多足跡。我們不得不盡可能節省電力，通話時盡量長話短說，而沒通話時，馬努爾會保持手機關機。替手機充電的問題就這樣懸而未解。類似的窘境還有許多，搞得我倆雞飛狗跳，儼然像是一場貨眞價實的雜技團表演。

我們注意到有另外一道迫在眉睫的危險。某個馬努爾認識的人可能會舉報他人間蒸發了。馬努爾不擅長與人打交道，認識的人自然不多，但只要有一個人跑去通報警方，就足以害他惹上大麻煩。對舉報者而言，舉報他人無緣無故人間蒸發，是一項值得讚揚的善心行爲。然而，要是那些臭條子拽著舉報人，去看他們在找的那個傢伙，是否就是出現在蒙特拉街大樓的監視錄影畫面內的同一人，那我們就死定了。

認識馬努爾的人可以提供許多線索，諸如他的外表、他的習慣，以及他的人際關係。這實在很危險，因爲警方透過這些關鍵線索可以找到他，將他逮捕歸案。警方最終會來敲我的門，因爲大家都知道我跟馬努爾的關係匪淺。我不想冒險，不想因爲我的關係，害得馬努爾被警方找到。因爲就只有我曉得他人在哪兒，而我沒有理由相信自己接受審訊時能夠守口如瓶。再說，我還是學心理學的呢。必須遏止這些可能性。

至於馬努爾的密友們，我希望他們的友愛、友誼或友情足夠薄弱，希望他們不會跑去通報馬努爾人間蒸發一事。我並沒有把這個想法告訴他，這麼做未免也太無禮了，省得他的意志更爲頹喪。我倆得認定他所建立的人際關係有如鬆弛的絲線，這還眞是有夠差勁的。然而，大概有人會驚恐不安，然後跑去警察局報案。我們開始把可能這麼做的人列出來。名單很簡短。

我向馬努爾打聽了他的親朋好友之中誰最爲擔心他人的安危，並問了這些人的電話號碼。我會打電話告訴他們馬努爾進了毒品勒戒中心，因爲他已經快被毒品搞垮了。這消息會大肆流傳，更何況馬努爾被人說成毒蟲，他也是不痛不癢。他這輩子根本他媽的沒吸過毒，被人這麼說怎麼可能對他有傷害。

要是馬努爾的親友完全沒注意到他有什麼不對勁的地方，可能會跑來找我的碴。我會解釋說也許就是因爲這樣，他才會沉溺於毒品，就是因爲他的朋友們不夠關注他。

我會告訴他的親友們，等馬努爾出院時，務必要好好照顧他。不過，現在精神病醫師團隊禁止他接聽電話。這則獨家消息，無須我開口拜託，親友們就會自己傳開了。

要是馬努爾的爸媽，我的前小姨子和前妹夫會關心他，那才叫做奇怪。若哪天他們心血來潮問起他，我會回答說馬努爾得到一份進修獎學金，或諸如此類的理由，說他現在人在奧地利之類的地方，很難聯繫上他。他們從來都不是很清楚兒子在做什麼，因此肯定不會打電話給馬努爾。若他們眞的打了，馬努爾的門號ＳＩＭ卡早已順著下水道流到大西洋，長眠於某條鮪魚的肚子內了，就算打了也沒有回應。說眞的，我也不覺得他們會執意聯絡上馬努爾。要是都到這個地步了，警方還是找上他們夫妻倆問話，那就叫他們叫警察滾到一邊去。

馬努爾的媽媽某日打了電話給我。但那已經是過了很久很久以後。

馬努爾想起他跟那間卑鄙的電信公司簽約時，自己曾提供了個資，頓時懊惱不已。這會兒可謂是危機四伏，要是那間電信唬爛公司的負責人發覺他不見了，並舉報他翹班，或者要是負責人找上政府當局，向警方通報這起失蹤案，那還眞是一波未平，一波又起，可就糟糕了。

房東那邊也一樣。搞不好警方根本無意調查監視錄影畫面中的那傢伙是不是就住在蒙特拉街。如此一來，他們就不會找上房東問話，但這可能性未免也太低了，且美好得不可能成眞。房東也可能跑去警察局，舉報說有名房客逃跑了，而且還積欠房租。我倆說服自己事情並不會如此發展，希望在第一次房租逾期未繳時，房東就會起疑，然後跑去撬開馬努爾的小隔間，並在裡頭發現馬努爾剛開箱的電腦，和他留下的兩百歐元。我倆希望房東會收下電腦跟錢，當作是這房客才承租短短幾天就給他添麻煩的補償，希望他馬上把那間破屋租給需要地方落腳的人。就這樣吧。

上述這兩種情況都不太可能發生。然而，我倆不得不信任職場和租屋的需求奇大無比，而且備胎多得是，雇主和房東才不會特地去舉報失蹤人口，不會因此讓警方取得線索。沒有任何跡象可以保證我們能夠那麼走運。

我替馬努爾理了個大平頭，改變他的外貌。除了來我家時身上那套穿著，他沒有其他衣物，我得把我的衣服借給他穿。把自己的內褲捐給外甥穿，還眞是詭異且尷尬。我有幾件沒穿過太多次的內褲，我也給他一條長褲、幾件襯衫、一件大衣和一雙中筒靴。這套服裝正兒八經的，索然無味，風格與他格格不入，但尺寸倒是挺合身。馬努爾將穿著這身正經的打扮上路。要是他好死不死被警察攔下，一身衣冠楚楚的模樣看上去也像是個成熟穩重且奉公守法的男人。

晚上十二點鐘後，我倆準備了一個行李袋，在裡頭裝了我們猜想潛逃時會派得上用場的物品和配件，比方睡袋、摺刀、火柴和牙刷，儼然像是兩名正在規劃野外夜宿活動的童子軍。雖然馬努爾得快點逃之夭夭才行，但要是隔天，或是再隔天，睡覺的時間到了，因為事前沒有稍微準備的關係，得把雙手插在鼠蹊部取暖，那未免也太可憐了。

我倆把我的冰箱和食物儲藏室的庫存全拿了出來，在一個ＩＫＥＡ藍色環保購物袋內裝滿食物和其餘物品。我給了馬努爾我家中僅剩的五十二歐元。花掉這筆錢意味著與人類接觸，因此，除非是發生了某種緊急到馬努爾寧願自首，也不要承擔後果的事件，他才可以花這筆錢。

我倆下樓來到街上，讓馬努爾走到他的車上，快快逃離馬德里。他把車停在阿爾森塔雷斯大道的盡頭，因為大道中段沒位置停。換句話說，他的車停在距離我家這條路兩公里外的地方。我倆前往胡利安·卡馬歷尤路的公車站搭計程車，沒有打電話叫車。只要馬努爾的螺絲起子還在我身邊，我們就不想留下任何蛛絲馬跡。我們登上計程車。馬努爾整路佯裝得了夏季感冒、不想傳染給我和司機的樣子，用面紙遮著臉孔，讓司機透過後視鏡看不見他的臉。

我們抵達他停放汽車的位置。他的車牌會提供警方許多線索，會洩露他的下落，顯然是非常冒險，但他不得不開車逃亡，除此之外別無他法，只能對夜晚的漆黑有信心，只能對警方的近視眼有信心。

凌晨三點，我和馬努爾在他的五手小破車前相擁。我抱他抱得可用力了，然而，我一直以來都在想那天我應該抱他抱得更大力一些，因爲，也許過了那天之後，我就沒機會這麼做了。

5

米已成炊、木已成舟，只能快馬加鞭上路了。或者應該說：「米已成粥啦！」

馬努爾聽說北方的亞高原地區——朵羅河的源頭和凱爾特伊比利亞山脈——有大片荒無人煙的區域和廢棄村莊。在此念頭驅使下，他朝著北方前進，以十分緩慢的速度行駛，避免引人注目，只要可以，便駛離主幹道，轉往一般的雙線道。摸黑行車兩三個小時後，天色漸亮，光線讓荒山野嶺一個個露了出來，看起來更加土茫茫與光禿禿。馬努爾渾身大汗，用鼻子打探哪個地區看見的聲音最少，哪個地區聽見的光線最少。

早上七點鐘，他已累得不成人形，拿不定主意是該繼續前行，還是就地停泊。他開著車鑽入一條小徑，隱約看得見盡頭有一片樹林，接著在林蔭下停好車。他不敵疲勞，大腦由於睡眠不足，開始自己製造起迷幻劑。墜入夢鄉前，他注意到的最後一件事是手機仍有訊號，暫時還能與我安心聯繫，這已經算是幫上大忙了。

中午前，馬努爾醒了過來，心中寧靜的感覺只持續了那麼一下子。一會兒後，他開始感到飢餓、輕微發燒，搞不清楚東南西北，昨日所發生的一切如影片般在他眼前閃過。他下車，看見一百公尺外不遠處有幾個房屋屋頂，猜想那是一個無人村莊，便過去確認，徒步過去、靜悄悄地過去、低著頭過去，就怕有人突然冒出來。若那個地方百分之百不會有任何人出現，他會待幾個鐘頭，吃點東西，躺著睡覺。不用再坐著睡覺了，不用再聞著汽車芳香劑的味道睡覺了。

馬努爾想得沒錯。這個村子是個無人打理的遺跡，連半個活人都沒有。和這兒一樣的廢棄村莊，現今西班牙全國仍有好幾百個。這個小村子由六條街道和六條小巷構成，和馬努爾一直以來的要求一樣，這個村莊眞正的名稱，我在這就不提供了。我隨意取個名字，打個比方，就姑且稱爲薩撒烏里耶好了。我還要很久之後才會走訪該地。

依建築物的狀態來看，薩撒烏里耶大概已有二十年至二十五年的時間澈底杳無人跡，而在這之前還經歷了四十年至五十年無精打采且癱軟無力的光陰。還在世時，這個村莊不曾有過教堂，只有簡陋的小禮拜堂，有著中規中矩的小正廳，有鐘，卻沒有吊鐘山牆，就連屋梁看起來也是讓人感覺鬱鬱寡歡的。約二十來棟房屋組成七八個街區，其中有一成房屋的屋頂全坍塌了，其餘的不是牆倒了，就是整棟屋子都倒塌了。每三棟房屋之中，就有兩棟（有一樓，頂多有二樓跟閣樓，不會更高了）是出於奇蹟才尚未倒下。其中有四、五棟房屋，就其保存的狀況來看，好似最後裡頭還住了人，砂漿並沒有剝落得太嚴重，木造結構的狀態不好也不壞，百葉窗和金屬扣栓只有部分掉漆。每棟房屋的百葉窗板都是扣上的，但看起來也並非完全無法進入。

在這幾間還算是直挺挺的房屋中，有兩間連棟的屋子，中間隔著一面牆壁，各自有著通向馬路的大門，有二樓，屋頂下還有個閣樓。其中一棟的外觀看起來甚至很跟得上潮流（跟得上好幾年前的潮流）。那棟房屋的正面是藍色的，有陽台，窗框全是鋁製銀色的，落水管仍在原位，一扇門的圓筒鎖閃閃發亮，光芒不算黯淡，彷彿是從前最後一件抵達這個村莊的鋼材。儘管當下大門深鎖，馬努爾依舊感覺這間屋子住了人，更精確一點來說，他感覺這屋子無人居住，但也不是澈底杳無人煙。他心想還是別一探究竟好了，打消了闖入的念頭，省得晚上誰冒出來，他還得爬窗逃跑。

毗連那間屋子的保存狀況比較差（跟上的不是好幾年前的潮流，而是好幾十年前的），砂漿全露了出來，水泥牆面上有幾個窗子預留孔，更適合闖入。屋子有一扇上了綠色油漆的模壓木門，門上有一條鐵鍊，但沒有澈底栓好門鎖，只是穿過邊框開口的洞和門板上的洞，打了個結。看得出來屋內沒有值得保護的貴重物品，沒有人會趕來保護屋內的東西，沒有人會爲了什麼事趕來。

馬努爾抽開鐵鍊，進入屋內。根據他之後告訴我的描述，以及根據我之後親眼所見，在路上隨便抓一個人來問，這間屋子都會被評價爲「絲毫不具鄉村氣息」。事實上，這間屋子看起來與所謂的「傳統」幾乎沒有關聯，就外觀和配件來看，是二十世紀中葉的產物。那個年代的鄉村居民想要把房子內裝改造得和都市住宅內部一樣（住起來比較沒那麼不舒服）。居家風格醜陋了好幾個世紀以後，也不曉得是誰，那個某人屏棄了所有帶有鄉土味的東西，爲了追求一絲絲的舒適感，開始迎接他那一點點的塑膠、一點點的膠木、一點點的美耐板、一點點的美耐皿、一點點的不鏽鋼、地板上的塑膠貼皮和水磨石，以及大理石紋理踢腳板。這套過時的現代化裝潢想必賦予最後居住在這兒的人一種神魂顛倒的感覺，一定是的。土裡土氣了四、五百年，居家視覺終於迎來第一波深度改變，他們肯定感覺自己參與其中。

屋內幾乎沒有剩下任何東西，只有一些生活用品，被冷落在一旁，沒有人想要拯救。總之，這些物品和這間房屋都給人一種匱乏貧困得不得了的印象。最扯的就屬一樓客廳的一個架子。架子以兩塊大木板組裝而成，說來並不誇張，就兩塊大木板，一短一長。長的那塊直立著，短的那塊釘在長的那塊的中間位置，垂直相交，一個不成型的H字母佇立著，靠在一個牆角邊的兩面牆壁上，這個姑且可以稱之爲「傢俱」的玩意兒就這樣固定好了。

屋內也有些沒那麼破爛的物品。這些東西全是在市區買的，最新潮流，仿造一種過時的舒適感。客廳的隔牆上掛著一個壁掛式廚房儲物櫃，空氣動力線條感的鋁製把手，穿過拉門的藍色美耐板，散發出和這個毫無動力的村莊截然相反的氣息。不出所料，儲物櫃內有一把叉子，和一支沒有燃油的打火機。

客廳內有一個傢俱，中間是個迷你吧檯，底層爲抽屜，上層和左右兩側爲書架，材質爲塑合板，外層包覆模仿木頭紋理的人造板，笨重得不得了，從前住在這兒的人其實根本不想把它帶進屋內。一九六五年左右，家家戶戶都擁有這個巨無霸傢俱，就連廠商停止生產後，這玩意兒仍沒有一個具體的名稱，無法寫入細木工的歷史。有人籠統地將其稱爲「牆壁傢俱」。

廚房緊鄰客廳，白色磁磚搭配黃色鋪地細磚，有著磚頭砌的流理台，人造石材一體成型的洗碗槽。餐桌也是美耐板材質打造，看來是過於油膩，沒被主人帶去新家，仍原地不動。排風罩底下大概曾經生了好幾年的火，一旁的牆角都給燻黑了。那是一座開放式爐灶，有幾個三腳鐵架、幾副夾鉗以及一個清理煤灰的畚箕，裡頭裝了許多煤渣。

浴室歷經三十年的自然損壞，飄散著淤積的味道，綠色磁磚鋪到半個人那麼高。過渡期[3]的衛浴設備，就這樣，沒別的東西了。

馬努爾順著水泥階梯上到二樓。階梯通往一間臥室，房內有一張床鋪，又高又窄，看起來和衣冠塚沒兩樣，前屋主的大屁股長年坐在上頭，彈簧床墊的中央有個凹陷的印子。床墊上頭包著一張密針織床罩，八成是前屋主爲了消磨下午時光而織的。

二樓和一樓一樣，還有其他房間和小隔間，形形色色，用途不明。每間房間內都有普萊卡量販店的空塑膠袋——與上個世紀一同死去的量販店。

馬努爾爬上一座鐵折梯，來到閣樓。閣樓上邊是雙坡屋頂，唯有在屋脊底下的位置才能夠挺直身子行走（馬努爾又剛好是個矮冬瓜，可以直立行走的範圍又更廣了）。兩邊屋頂的斜面上各開了一個老虎窗，稍微有些斜斜的，自其中一面窗口看得見這棟屋子的後院，毗連的那棟屋子後院的一大部分，同樣也是一覽無遺；另外一面窗則正對通往這棟屋子的路。馬努爾在閣樓內只看到屋頂的木條、鋪地板的木條以及嘎吱作響的屋瓦，就這樣，沒發現其他東西。最後，他才注意到一個漏雨的屋角下，有一大包東西被扔在那兒，被一塊透明塑膠布遮蓋著，上頭滿是灰塵和水痕，看起來已呈半透明狀。他將塑膠布拿開，看清楚那東西到底是什麼。那是一件沒在最後一次搬家的卡車上掙得一個空位的物品，完全不被人當作一回事。

那是一套平裝書，共有一百本。這閣樓的環境如此惡劣，居然把這些書扔在這兒，還真是惡趣味。根據馬努爾的描述，那套書是南半球出版社發行的書，以顏色區分文類

3. 意指西班牙民主轉型過渡期，普遍認為是一九七五年獨裁統治者佛朗哥（Francisco Franco）過世後，西班牙開始轉為自由民主國家的這段時期。

（綠色是散文，藍色是小說，灰色是經典文學，之類的）。書本一列一列地直立擺放在地板上，漏雨處溼答答的一片，書本底部都被沾溼了。這些書看起來不像是買來的，當然囉，就這棟屋子的裝潢哲學來看，從前的住戶不像是具有非常固定的閱讀習慣。

這些書八成是前屋主在某個廣播節目舉辦的比賽上意外贏得的獎品，或是某個撿破爛的賣給他們大捆纖維，或是某份在萬不得已且沒有現金的情況下，以實物交付給他們的東西，也可能是一項商品，或者某種服務，總之他們大概是拿不到更好的報酬，只能勉爲其難地收下它們。這套書也可能是來自某輛貨車翻落的某個貨櫃，也可能是某人從某輛卡車的拖車上偷來的。顯而易見的是，書本的主人根本連翻都沒有翻開過它們，因爲這些書眞是他媽的乾淨得不得了，連個汙點都沒有。

完成首次勘查後，馬努爾回到樓下。在這棟陳年老屋中呼吸了那麼久，他注意到他的鼻腔黏膜上有一團揉雜了灰塵歲月的玩意兒。他把窗戶和窗板全打開，窗板的鑲鐵並沒有關死。馬努爾走到外頭，來到他自閣樓看見的那片後院。

後院是一片荒蕪的空地，長寬各約莫有二十步的長度，有著一扇通往後街的小柵門，外圍是一道細石方塊砌成的矮牆。前屋主上個世紀在矮牆上修築了一道以鐵絲網和編條構成的花園籬笆，將高度增加至兩米半。一座有著石棉瓦屋頂的棚子佇於院子一角，可供馬努爾藏匿汽車。那兒滿是成堆的舊磚頭、木棍、塑膠桿、鋼筋、好幾種形狀彎來彎去的工具，以及一個馬努爾不曉得該如何命名的破爛物品樣本集（某種水桶、某種帆布、某種玩意兒）。一旁，一個哀傷的晒衣架死撐活撐，還沒垮掉。仍存活的植被全都是雜草，東禿一塊、西禿一塊的。只有一個植物例外，在連接屋子和空地的門那兒，長了一條葡萄藤。葡萄藤有兩條主蔓，上頭的葡萄仍又酸又澀。

馬努爾發現後院的柵門沒有帶鎖，用手一拉就開。他跑回去開車，把車子停在棚子底下藏起來。油箱內的汽油尚未耗盡，這點表示我倆仍能聯繫。因此，現在馬努爾的手機靠著汽油燃料運作，簡直跟拖拉機沒兩樣。

馬努爾取出IKEA藍色環保購物袋，接著回到屋內。進門時，他發覺那些牆壁上的窗戶預留孔和大量灌入屋內的空氣已改變了整個環境。市郊外的鄉村，遭人入侵了一會兒後，已灌入了一股有如實驗室般清新的空氣。空氣「洗滌」一切，因為好似沒有溼度，又打溼一切，捎來一股嶄新物品會散發出的甜味。

當然，這間屋子沒有自來水，也沒有電。

馬努爾走向廚房。他自他親愛的大購物袋中拿出一盒牛奶和一包即溶咖啡，試著撿拾地板上的垃圾來生火。火生不起來，他用冷水泡了咖啡，一邊喝，一邊思忖著，往好處想，在鄉下地方不會遇到灰老鼠、蟑螂和蝨子。這些害蟲都是因為人類集中才生出來的，令馬努爾毛骨悚然。

四點鐘，我撥了電話給馬努爾。他告訴我前述所發生的一切，以及之後他打算怎麼辦。他上樓來到閣樓，挑了一本南半球出版社的書，把書塞到口袋內，然後回到樓下，在客廳地板上坐下來閱讀，躲在那座「大牆壁傢俱」底下。入夜後，他在二樓的高床上躺平。密針織床罩如此老舊，還眞有點噁心。然而，清晨氣溫轉涼，馬努爾可是緊緊抱著床罩不放，彷彿這床罩是剛拆封的一樣。

接下來兩天，馬努爾勘查四周環境，吃他裝在大購物袋裡的儲糧。他特別留心搜尋任何人類活動的跡象，避開那些區域。我老是在問馬努爾一樣的事，問他是否遇到別人了，或者是否發現什麼危險的徵兆了。什麼都沒有，什麼人都沒有。馬努爾告訴我，他越來越肯定自己掉入了一個快速「無居民化」的環境之中（社會學家和記者最愛聊這現象了），我也越來越堅持要他待在那兒別離開，這樣才安全，反正他上哪兒去都不安全，那麼比起其他地方，這個無人村莊做爲避難所，好似也沒那麼差勁。

我向馬努爾解釋，要是夏季時村莊裡沒人出現，那以後也絕對不會有人。感覺得到電話彼端的馬努爾躊躇不定，透露出想繼續上路逃亡的念頭，他覺得我過於害怕。我害怕是有理由的。最終，他的理智戰勝了一切。

第三天，馬努爾決定在那兒度過第四天，並做好了度過第五天的準備，也不排除在那待個第六天，或者一路待到第七天。他剩餘的糧食夠他撐到第八天，若我倆以樂觀的角度來看，他的手機剩餘電力可以再撐個八天。之後，要是我們解決不了補給和充電的問題，那我們就差不多完蛋了。糧食和電力可不會平白從天上掉下來。

有整整三天，光是翻開報紙就令我恐慌得不得了。我得正視這股恐懼、了斷這股恐懼，我需要一些情報，搞清楚我們面對的是什麼麻煩。最終我戰勝恐懼，打開電腦。那天那場抗議活動以四名員警身受輕傷告終。就某種程度來說，這消息令我鬆了一口氣。

然而，新聞更下面的段落描述另有第五名員警受了重傷。根據報導所述，該員警的傷勢十分嚴重。馬努爾可謂是陷入困境。

我選擇不把剛才讀到的新聞告訴他。就算他知道了，也對藏匿行蹤一點幫助也沒有，事實上，反而會害了他。這種時候我倆都應該保持理智。天曉得是哪門子的理智。

6

說起在無人之地生活，馬努爾所懂的，跟修補蜘蛛網沒兩樣，一竅不通。然而，說起解決日常生活的大小麻煩，他倒是非常在行，是個中高手。

薩撒烏里耶村外有一座湧泉台，根據馬努爾的描述，有一道涓涓細流自一個黃銅水管流出。這村莊早已空無一人，居然還有供水，我覺得非常奇怪，但在我四處打聽詢問之下，發現有些自來水管供給的不是自來水，而是地下水，因爲管路是設立在水脈自然流經之處上方（水脈通常爲地下水脈）。薩撒烏里耶的最後一名居民搬離後，湧泉台可能就被人堵上了，但水仍以同樣的方式沿著同樣的路徑流動（搞不好還造成洪災）。因此，沒有人特地截斷水源。

湧泉台的出水量不大，每分鐘才流出兩公升，但馬努爾有的是時間，他從馬德里帶了一個瓶子來，可以慢慢等它裝滿。他老說那水有多好喝，光是把手伸到出水孔底下，用觸覺就感受得到滋味很棒。他就在那兒梳洗，把那兒當作是他的街頭澡盆，接觸皮膚的實驗也有了個試驗場。

從第一天還是第二天開始，馬努爾便外出撿柴。夏季天氣溫和，但總會有東西需要在火上加熱。他把飛快逃離我家時帶上的藍色大購物袋清空，首先前往圍繞薩撒烏里耶的其中一片樹林，一路上避開公路網絡的道路和一般人常走的道路。他邊走邊笑，因爲他感覺去森林撿柴好似童話故事的劇情，寓意深長。

我在網路上讀到該地區長有栲樹，特別是還有橡樹和一些松樹。從前還有人活動時，大概都被開採光了。馬努爾在地上找到相當多的木材，有這些年來被雪的重量壓斷的木材、被風吹斷的木材、自然死亡的木材，總之全是沒有人撿拾的木材。對馬努爾而言，這纖細的木材是熱能的初乳，乾枯且重量不重，透過槓桿原理用腳踩踏便可輕易折斷。之後，馬努爾開始撿更大根的樹枝回去。這種樹枝大歸大，但掉落在地上的數量就沒那麼多了。

必須將這些大樹枝劈成段。廚房的爐灶是開放式的，不一定非得將粗大的樹枝劈成非常小的木塊，省下了許多劈柴的工夫，但無論如何還是得把它們稍微砍一砍。馬努爾有一把破爛的鋸子和一把柄長兩扠的小斧頭。他是在後院找到這兩把工具的，它們被埋在一個裝滿生鏽鐵釘的盆子內。這些裝備之簡陋，意味著他的雙臂和腎臟有苦頭吃了。然而，馬努爾一股腦地苦幹蠻幹了起來，反正他也沒其他事情好做。他每砍個十五到二十分鐘，便停下來休息一會兒，累得不成人形，但也感到一股滿足的感覺湧上他心頭。那大概類似運動員出於對健身的熱愛，刻意耗盡渾身精力的那種滿足感。一連飆汗好幾個鐘頭令馬努爾感到愉快。「我要長胸肌了。」他說。

馬努爾也必須充當爐灶安裝工人。起初，他蹲在爐灶前和火焰作戰，但「作戰」的意思不是像新聞上出現的打火弟兄要去撲滅火勢，而是要助長火勢。乾枯的樹葉、細長的木棍以及小片的樹皮，這些東西都燒得不錯，但只要他試著添加更大根的木材，火焰就會熄滅。他把粗大的樹枝疊成一座小山，用火柴在小山頂上點火。樹枝好似順從他的哀求，燃起濃烈大火，然後又隨即後悔。

當然，馬努爾這是在做實驗，和他從前生活在大都市時所做的一樣，他依照自己的筆記和圖表試驗。就這樣，生火害他咳嗽咳得半死，終於意識到他得循序漸進，先試著用紙張點火，慢慢替換爲雜草，再添加小木棍、小木條、小木棒，慢慢增加直徑，最終才可以添加木材，想用多粗的柴火，就用多粗的柴火。他在從前裝餐具的抽屜內找到一份一九八一年的日曆，一邊用嘴巴吹，一邊揮舞日曆，替這堆大雜燴火種搧風，慢慢將火生了起來。他的「生火學」和「爐灶學」研究得還頗有成效。

於夜間生火時，馬努爾必須將廚房窗戶的窗板關上，以防有人經過看見火光，但煙囪排出的炊煙，我倆就不曉得該如何掩飾了。然而，煙霧被樹木遮擋住，就算是高於樹木所能遮擋的高度，自遠方看過來，也已經消散了。冥冥之中有好運眷顧我倆，至少只要沒有人進入薩撒烏里耶，都是如此。

屋內沒有插座，要在這種情況下做事，馬努爾除了依靠日光，以及靠著自己靈光一閃，別無他法。從黃昏時分他便開始在屋內摸黑活動，手指和腳趾上發展出感應器，摸索前進，脛骨小心不要踢到東西，指甲大膽勘查環境。通往二樓的階梯共有十五階（六階加三階加六階）。馬努爾在黑暗中邊數邊上樓，連一次都沒絆到腳。

薩撒烏里耶的資源匱乏，但馬努爾的生活還算過得去。這點令人感動。不然他還能怎麼辦呢？

然而，依舊有兩個問題沒解決，搞得我輾轉難眠。一個是馬努爾的食物問題，另一個是他手機的充電問題。

他帶去的食物快耗盡了，必須補貨。離開馬德里那天隨身攜帶的歐元，他完全沒動過，但他也不許接近商店、酒吧或加油站，否則會被認出來。因此，那幾張鈔票的價值最多就跟書籤沒兩樣。

基於同樣的理由，把我多次拜訪提款機、從他那寒酸的活存帳戶領出來的錢送去給他，也是絲毫沒有意義。再者，就算要把錢送去給他，是要怎麼送？

我得把他這筆小資金轉換爲民生用品，唯有如此，這筆錢才有用處，尤其是對我來說非常有用，因爲要是我得動用自己的錢去餵養我這位外甥，傾家蕩產是在所難免的。

某個夜不成寐的凌晨，我突然靈機一動，想到該如何提供馬努爾糧食。不管哪個城市都有利多超市，不管距離薩撒烏里耶多遠，都有。我會透過我的電腦，在網路上訂購定期訂單，每個月訂購一份適合隱居的馬努爾的商品清單，遠端線上付費，從我的帳戶扣款。訂單將透過一般宅配送到薩撒烏里耶，送到某某路、收件人爲我的地方。

我從床上爬起來，研究起利多超市的網頁。下訂單的每一個步驟都可以透過電腦操作，但我按兵不動，隔天親自撥了通電話給利多超市，因爲我有一些指示，需要他們記下來。不這麼做的話，風險會白白翻了好幾倍。

我告訴利多超市的人說我有意訂購定期訂單，並告知他們平常我人不會在收件地址的家，因爲我只有週日會過去那兒，而剛好週日他們家又沒有宅配服務。然而，我裝出一副體諒他們的樣子，建議他們星期六下午將貨品裝在袋子內，放在門口就好，跟他們說反正那個村莊內也不會有誰跑來偷我的鯷魚罐頭。另一方面，貨品的費用已透過信用卡支付完成，自然是皆大歡喜。如此一來，只要星期六下午馬努爾好好躲在屋內，送貨員根本沒有理由會看見他。因爲馬努爾不該被任何人撞見。

我所留下的足跡全指向我自己，而我不過就是個平凡到不行的市井小民，不曾在任何一個門廳和任何一位警察起過任何粗暴的衝突。我開始告訴利多的人我們一家共有五口，但我稍微揑造了一下說辭。我不想讓他們覺得聽起來很突兀，不希望任何人感到事有蹊蹺，然後開始思考這位老兄只有假日才會去薩撒烏里耶，爲什麼會需要那麼多食物。因此，我裝作一副友善且好相處的模樣，順便提到說我的其中一位兒子正在準備國考，跑去村子那兒閉關讀書，所以有時候平日人會待在那兒，若他們看見煙囪炊煙裊裊，也別大驚小怪。

利多的人聽我講述人生，聽到都快受不了了，除了排定好的那天去送貨，他們死也不會經過那裡。然而，我決心了斷任何可能啟人疑竇的細節，哪怕是只有一丁點，他們問起的事，以及他們沒有問到的事，我都盡可能給出解釋。如此謹小愼微，還不是爲了掩護馬努爾，卽便是做到這種地步，我也覺得不夠愼重。

我的老天啊，如此假鬼假怪，可是會有報應的。

我把多次拜訪提款機、從馬努爾帳戶提領出來的現金慢慢存入我的戶頭。要是沒有這筆馬努爾花了兩年攢下來的錢，利多超市也宅配不了多少東西給他。

我倆列出了首次採買清單。這是馬努爾第二次以獨立自主之身購物，因爲先前滯留於蒙特拉街自由之家的時間不夠長，他只買了一次東西。我們最後採購了他這個年紀的人一般需要的東西，湊滿了一個標準大小的購物籃，買了營養的食品和各種有的沒有的東西，並偷偷在購物車內放入某個一時興起想買的玩意兒。

沒有冰箱，且每月採買，這意味著新鮮的肉類和魚肉，馬努爾只能於宅配後的一週內食用完畢。保鮮期限過後，他就得改吃別的東西了。秋季將至，搞不好鄉村寒冷的天氣可以稍微延長食物的保存期限。

馬努爾得靠麵包裹腹度日。麵包，《聖經》中記載的日常食物，只有宅配後的頭幾天能夠趁著剛出爐吃，最後不是變得很硬，就是變得硬得要命。整條未切的吐司還能撐得稍微久一些，但一般來說，得向這個神聖小麥所烘烤而成的食品說不。

我們沒忘記購買各種衛生用品，比方肥皂、沐浴乳、洗髮精、酒精、海綿，也沒忘了購買洗碗精、菜瓜布、洗衣精、抹布和掃帚等各式清潔用品。

利多超市有自己的庫存專區，賣的不是食品，而是爲數不多的五金用品、爲數不多的紡織品、爲數不多的文具，以及爲數不多的傢俱。我們把一系列商品加入採購清單，不然少了這些東西，日子可就非常難過了，比方一個平底鍋、一個附蓋湯鍋、幾個深淺不一的盤子、餐具、一個水桶和一個塑膠洗臉盆、一個附電池的口袋型手電筒、幾隻鉗子、一條毛巾、兩條床單、紙張、一枝鉛筆、一枝原子筆。也買了幾枝安全刮鬍刀，他就算沒鏡子照也可以刮鬍子。另外還買了一個五公升的大水瓶，讓他當作儲水容器，省得三不五時就得跑去湧泉台取水。

我列了購物清單、下訂，並支付費用。宅配那個星期六，馬努爾整個下午閉門不出。五點鐘，一輛小貨車載著補給品抵達，把所有的東西放在門口，便離開了，沒有發生其他意外小插曲。之後每個月都會像是這樣。

我想像那個週六夜馬努爾晚餐吃的不是平常那些餿水，而是享用了一頓佳餚。我不禁面露微笑，彎彎的笑容，就像是他餐盤中彎彎的香腸。我看著自己解決問題——就是看著我自己——感覺棒得不得了。去你的「人力資源」，也沒什麼大不了的嘛。這一切都多虧了馬努爾。

利多超市還稱得上是應有盡有，但偏偏有些不可或缺的物品和產品，他們恰好沒有販售，比方消炎止痛藥、針線，以及給斧頭用的磨刀石，我得想個辦法把這些東西送到馬努爾手上。這是個大問題，因爲那些都是必不可少的用品。然而，我不想要接洽更多供應商，我覺得每月定期和利多超市配合，就已經算是很危險了，我們不該冒更大的險。越少人接近薩撒烏里耶，越好。

7

隔週星期一，馬努爾汽車內的汽油澈底耗盡了，意味著我們的手機電力來源也斷了。從此，我們只能依靠那部陳年老車的老電瓶了。老電瓶缺乏使用，嚥下最後一口氣之前還能撐多久，我們就能撐多久，但沒有汽油，最多撐不過一個星期。

該如何替手機供電成了眼下最緊急的問題。手機是馬努爾與外界的唯一連結，是他和我講述各種大小事件的途徑，是我倆策劃解決方案的媒介。手機更是一縷絲線，多虧了它，我倆才沒那麼思念彼此。每次每日通話前，我們得事先想好要聊些什麼，才可以一路劈里啪啦不間斷地聊下去，不浪費任何一秒鐘的電力。

七月底，汽車電瓶陣亡前所眷顧我倆的那段日子，馬努爾跟我說了一件事，最一開始我還以爲他是在跟我瞎扯淡。

逃亡的那晚，馬努爾累得半死不活，天空開始露出曙光時，他將汽車大燈熄滅。在晨曦的照射下，睏得要死的他得以漸漸打消睡意。基於同樣的原因，他對道路警告號誌的燈泡所發出的閃光也是心存感激。號誌的燈泡由太陽能板供電，太陽能板裝置在高處，根據號誌大小不同，尺寸也是有大有小。馬努爾記得他停下腳步前最後看見的號誌距離薩撒烏里耶不遠，步行並不是到不了，他認爲順著原路回去的話，一定找得到。昨晚他就跑去找了，還不忘帶著他那把螺絲起子。

他完全沒料到會碰上這種高科技設備，雖然他懷疑太陽能是否適合做爲手機的充電力來源，依舊跑去檢查這些設備的線路。

要在不被人看見的情況下拆卸太陽能板的組件，還要把它們徒步偷偷運走，勢必得趁著夜色昏暗摸黑進行（附近完全沒有車輛經過，也算是幫了個大忙）。然而，七月依舊很晚才天黑，而且七早八早天就亮了，夏季完全天黑的時間只有六個小時。根據馬努爾所記得的距離，這項行動的路程好說歹說，去程跟回程都各有十公里那麼遠，途中得穿越田野，避開公路，在黑暗中磕磕絆絆地前進。來回加起來就要五個小時，意味著馬努爾只剩一個小時能夠動手。他啟程上路。「我要穿越暗影，迎向光明！」他邊走邊傻傻地說。

大概走了八公里還九公里，馬努爾就碰上一面太陽能板了。然而，太陽能板和交通監視攝影機連接在一起。他千萬不可以被交通部的監視設備拍到手持螺絲起子拆卸太陽能板，他已經在蒙特拉街的監視錄影畫面中領銜主演一部大片了，暫時還是先別接新戲了吧。

馬努爾在不遠處找到一個號誌，他很喜歡。他用他新購入的手電筒打著朦朧的光線，全神貫注聆聽附近是否有汽車引擎發出的噪音，站到號誌前。號誌上接著一面二十五公分乘十五公分的太陽能板，尺寸便於攜帶，固定在離地二點五公尺高的位置，裝在一根有著三面標誌牌的柱子上。其中一面標誌牌上有一頭側面跳躍的鹿的圖像，另一面標誌牌爲藍底，上頭有個白色的「80」號誌。最後一面標誌牌比較小，上頭標記著「2KMS」。這麼多牌子，背面成了馬努爾的落腳點，等於是方便他攀爬。我想像他在一個道路號誌上頭爬上爬下，就爲了在一間搖搖欲墜的破屋中組裝一個類似電力設備的東西，而同時我也開始意識到在他看來，薩撒烏里耶算是頗安全的，他有意在那兒待下來。對我來說，任何選項只要能避免讓他暴露行蹤，我都覺得值得一試。

爬到柱子上面後，馬努爾用他的護身符螺絲起子和從利多超市買來的鉗子，將整套設備的固定處一一鬆開，然後取下了五個小寶藏，分別爲太陽能板、和整流器裝在一起的接線盒，以及三個附帶的電池。雖然現在我好似搞懂了，但那時候我對這些東西眞是他媽的一點概念都沒有。然而，我不得不搞清楚這些玩意兒該如何運作，因爲光靠那個太陽能板，我們供電的問題也不算是解決了。

還需要一個小玩意兒，那東西叫做變流器。「或者叫做太陽能光電轉換器。」馬努爾告訴我。他給了一間商店的店名和地址，要我去那兒購買，然後寄去薩撒烏里耶給他，除此之外別無他法。只能這麼辦了。

我一點都不喜歡這個主意。然而，是時候弄一些在利多超市買不到的東西給他了，特別是如果我倆不想中斷通訊的話，那也沒別的辦法了。我接受了馬努爾的提議。

只能寄那麼一次，一次定江山。我把在利多超市絕對找不到的商品重新寫成一份清單。既然只有一次機會，那得好好把握，我倆特地在包裹中多放了一個摩卡壺，省得他一天到晚都只能喝雀巢即溶咖啡，另外還放了兩套鎖頭和鑰匙，一副用來把大門的鐵鍊鎖好，另一副給後院的柵門用，以防外人進入，發現這棟屋子內有人類活動的痕跡。最後還多放了兩條捕鼠黏膠，不會蒸發的那種，因爲馬努爾感覺已經有老鼠在裝肉類食品的紙箱附近徘徊了。

要是太陽能板系統白天吸收了光線，那麼沒有日光的時候就可以繼續供給電力（晚上最需要電力的時候就不會斷電）。這爲馬努爾開啟了許多可能性。我隨包裹附上一個擴充插座、絕緣膠帶、幾公尺的電線，以及兩個夾式ＬＥＤ燈。那個什麼變流器的本來是要讓他替手機充電，但是啊但是，少充一點電，晚上讀點南半球出版社的書，又有什麼關係呢。

我及時發覺這份物資不可以透過郵局寄送，郵差日常在這地區奔走，四處打聽左鄰右舍的消息，不可以交給他們處理。這次行動必須跟向利多超市訂貨時一樣，讓他們從大城市出發，使用GPS尋找配送地址的村莊。

總之，我去了位於馬德里的一間速屋快遞的營業所。那兒跟郵局不一樣，寄件無須出示身分證件。他們會交給地方營業所處理，會從省首府派一名快遞員去送貨。包裹送達後，快遞員會回去省首府，這輩子不會再回到薩撒烏里耶，永遠不會再踏入那區一步（這些地區如此萎靡不振，也沒什麼物流的需求）。

我要求速屋快遞將包裹放在收件地址的門口。收件人的名字是我胡謅的，但姓氏倒是我本人的（省得他們把我看成寄東西給自己的神經病）。我還假裝說我有好幾個小孩，常全家一起去薩撒烏里耶，刻意提到說其中一個兒子是健行者，因此他們去送貨時，那小子可能不會在家，大概正在橡樹林間一面散步，一面聚精會神地思考著泛神論。我叫他們請快遞員在簽收單上代簽就完事了，有事由我負責。我當場以現金結清費用。我提醒馬努爾隔天是快遞送貨的日子，要他消失得無影無蹤。

這次通話期間，馬努爾的手機停止呼吸了。我整整兩天沒有他的消息，坐立難安，不曉得他搞那些電線是搞成功還是搞失敗了，我甚至懷疑搞不好司法的魔掌已經逮到了他。我仍舊時不時撥電話給他，希望他的手機吸飽了太陽的能量，希望他能夠接聽我的來電。

事情確實如此發展。包裹正確送達，馬努爾和快遞員並沒有不期而遇。這些年，自從馬努爾懂事以來，我倆不管一起做什麼，都算是十分順利。我們鬆了一口氣，發誓以後不會再寄東西了，省得露出馬腳。這回，露出腳的馬兒就是我倆。

馬努爾沒有將太陽能板安裝在屋頂上。這區常有直升機飛來飛去，混帳東西，搞不好哪天一個心血來潮飛越這區，吸引他們的注意，可就不好了。他把太陽能板塞進閣樓內，稍微自南面的小窗探出，將電線拉到一樓，中途經過臥室，就怕哪天晚上想躺在床鋪上看書。這棟屋子已廢棄數十年，打孔穿電線也是非常容易的事。

太陽下山後，馬努爾打開檯燈，過起他難得的夜生活。他不忘先將窗板關上，避免光線透到外頭。有些窗戶預留孔沒被擋板遮住，或者那些孔從來都沒有擋板。然而，馬努爾用利多超市買來的六盒利樂包牛奶的紙盒，自己做了新的擋板，並用我們心血來潮加入速屋快遞包裹中的絕緣膠帶將它們一一固定好。

8

馬努爾藏匿行蹤的這個巢穴說起來也不是非常吸引人，但他不管去到哪兒，總會將那兒視爲一個溫馨舒適的地方。他總是遷就環境，不在意那兒外觀是否美輪美奐、氣氛是否宜人。這倒也省下了裝潢、布置和照明的工夫。屋內就是個睡覺的地方，因此裝潢美不美，對他來說不是非常重要。此外，這棟老舊的新家還賜予馬努爾一個對他而言相當罕見的東西——棲身之所。多少公尺、多少平方公尺、多少立方公尺呀。有時，馬努爾在走廊上奔跑，只是想看看在室內奔跑起來是什麼感覺。他在心中清點房間，但不管怎麼數，總比他記得的多了那麼一間。

在薩撒烏里耶過著擱淺般的生活想必有其代價，有著諸多不便，用殘酷來形容也不爲過。然而，比起待在電話接線公司那兒上班，害某位公民被他們大剌剌地詐欺；比起待在蒙特拉街的小隔間，必須打消在房內塞入過於厚重的地毯的念頭，省得最後頭頂到天花板，再怎麼樣，待在薩撒烏里耶都比較好。

馬努爾寧可回想起蒙特拉街，寧可回想起那個門廳，也不願回想起之前住過的那個小隔間。他寧可回想起那台監視攝影機，也不願回想起他那個小隔間的裝潢。他寧可回想起自己在鎮暴警察的頸子上捅出的那一抹紅，也不願什麼都不記得。要是這些倒楣事根本都沒發生，要是能夠無牽無掛在這兒附近散步，那該有多棒。馬努爾選擇不去多想，選擇不把心思放在這個念頭上。

他爲了驅散心頭不祥的預感，全心全力改造起居家環境。就這樣，冷靜下來的同時，馬努爾也努力減少這個棲所散發出的那股不友善氛圍。畢竟，說不定他還得在這兒待上一陣子呢。他把披上一層萬年油汙的地板和牆壁清掃乾淨，他有預感汽車會被人隔著柵欄看見，誰知道會不會呢，便做了些預防措施，弄髒車窗玻璃，輕輕刮花烤漆，讓車子看起來像廢棄的汽車。他也把零散的屋瓦重新擺好，疏通簷溝。

馬努爾小心翼翼避免滑倒，爬上屋頂後，他突然意識到要是自己哪天在這個荒無人煙的薩撒烏里耶出了什麼意外（比方手腕骨折、三度燒燙傷，或者因吸入過度純淨的空氣而中毒），手邊最好還是得有手機，撥打第一通由他撥出的電話，因爲不打這通電話意味著命喪黃泉，跟在路邊跌倒的長頸鹿一樣，一旦倒下，便無法靠一己之力爬起身。這之後，他會被關入大牢，但至少能夠保住一條小命。馬努爾必須永遠手機不離身，就像是個囚犯，時時刻刻都被上了銬。

八月中旬，馬努爾注意到小禮拜堂附近有一棵「樹」。這句話說明了他不愛拿親愛的田野來咬文嚼字。在馬努爾眼中，沒有橡樹、梣樹或冬青樹，更沒有法國薰衣草和野薔薇，不存在這些好似非得用騾子般的嗓音朗誦的田野背景詞彙。對他而言，只存在著「樹木」、「灌木」、「那種黃色的草」、「另外那種草」。他對田野的抒情詩一點都不感興趣，就像是一個孩童正在塗鴉著一架飛機，但他對航空學、紙張的化學成分、原子筆的物理原理以及美學的哲學，一概毫無興趣。滯留薩撒烏里耶這段期間，馬努爾從來沒和我提過什麼關於生態智慧、地理或是地球的事。他唯一所做的事情就是在那兒「滯留」。

然而，方才在小禮拜堂的陰影下遇到的那棵樹，馬努爾倒是看見樹上掛著李子。自詡為農藝達人的他，透過我的協助才推斷出那棵樹是李子樹。李子吃起來還頗美味的，馬努爾白白賺到一個月的免費水果，吃完後還有葡萄藤上結成的葡萄在等著他。到時候葡萄就已經成熟了，黑溜溜、甜滋滋的，像是巧克力夾心糖一樣。

馬努爾曉得自己有多少能耐。他覺得靠吃野果裹腹簡直是一種炫耀行為，聽起來跟「非常家常」的果醬廣告沒兩樣。這些青綠色盤繞的藤蔓令他感覺自己與世隔絕。既然如此，那就把看起來能夠吞嚥的東西全部一口一口吃下肚吧。

他覺得要他種植些什麼來生產食物，也是在炫耀，感覺那是扮家家酒，哼著歌下田是做給別人看，是流行雜誌上會刊載的內容。他有一座居家小莊園，他的附屬農地，但對他來說一點用都沒有，因爲他在園藝方面的造詣，比他手上可以拿來播種的種子數量還低。他有本事調整好安培數和歐姆值，從一面太陽能板上取得電力，然而，說起犁田和正在萌芽的萵苣，他可謂是一問三不知。

然而，馬努爾還是在院子的地面上掘了一個洞，把從利多超市買來的糧食放入裡頭儲藏，說是土地的溼度和夜晚的地熱調節可以保持儲糧新鮮。他自有辦法從慷慨的大地挖出他的口糧，播種長出來的香腸，田畝中長出來的臘腸。

第二次每月宅配時，我給了馬努爾一個驚喜，偷偷在包裹內放了一把新的鋸子，弓型鋸。利多超市舉辦了什麼ＤＩＹ手工週之類的鬼活動，促銷販售各種工具。頓時，馬努爾的薪柴產量大增，應該吧。我另外還幫他訂了一套睡衣、一件萊卡短褲，還有一件極地外套，之後天氣轉冷的時候他可以穿，因爲他離開馬德里那天穿得跟半裸沒兩樣。我挑了女裝，因爲男裝的價格令人望之卻步。我挑的衣服是短尺寸的，幸虧馬努爾個頭短小。

馬努爾被迫拮据度日，提醒我他該找個方式掙錢，省得日子過得如此貧困。由於每月採購的關係，馬努爾的資金接連慘遭截肢，截肢的部位小歸小，但並不表示我倆就比較不懼怕未來。今年夏天我自己的收入也是差強人意，我他媽的一貧如洗，幾乎連自己都養不活了。馬努爾中長期的前景，著實令人憂慮。

我得替馬努爾找份活兒，但這未免也太困難了，事實上，只須稍微動腦思考一下，就知道這件事根本沒門兒。像他這種持利刃傷人的逃犯，又給不出帳戶號碼、住址、個人基本資料，就連一張證件大頭照也無法提供，還想要一份支薪的工作，又不是隨便說找就找。我不曉得該怎麼辦，但這件事我一直掛在心上，反覆思索，四處打聽，搞得我自己像是大學剛畢業正在找工作的新鮮人一樣。

一想到馬努爾和以往一樣，渴望與人交流無果，顯得日漸憔悴，我就感到很痛苦，或者說用「痛苦」不足以形容我的感受。他並沒有要求我，但我擅自在先前提到的第二次宅配中多買了許多糖果給他，沒來由地期望糖分可以讓他打起精神，提振精力，助他捱過孤獨的隱居生活。

結果，馬努爾自己找事情忙了起來，自己安慰自己。這件事令我感到鼓舞。

打從小時候開始，馬努爾只要手上有一枝鉛筆，就可以玩得很開心，甚至還會拿筆來塗鴉。開始畫畫之前，他先是全力以赴替那枝筆做了一個筆盒，先練習把筆芯削成小鏟子狀（筆尖細扁，中段粗厚），先是幫那枝筆找個地方過夜，先是替它取名字，如此一來，兩人私底下促膝長談時，他才曉得該如何稱呼那枝筆。

在薩撒烏里耶這兒，馬努爾愛幾點起床，就幾點起床。但他沒要過幾次這項特權，因爲他太沉迷於忙自己的事了，甚至每次醒來的時候，後頸都是猛力一蹦，從被他當作枕頭的大衣上彈起來。

組裝太陽能板就讓馬努爾玩得不亦樂乎。他將太陽能板朝著不同的角度轉來轉去，一下調整這個、一下又調整那個，尋找能夠產生最多電能的方式。他也將後院整理了一番，將各種亂七八糟的廢物依照材質分類，改天再看看可以如何運用。

馬努爾必須確認薩撒烏里耶這區的人口分布情況，並搞清楚哪裡可能會冒出某個該死的鄰居，發現他的行蹤。他一天可以行走二十五公里的距離，而且雙腳不會起水泡，意味著他的勘查半徑約爲十二至十三公里（加上回程得乘以二）。接下來的幾次考察中，他總是迴避顯眼的道路，好幾次依稀看見遠方有一群樓房和小屋，八成是從前的某座城鎮。當然，馬努爾並沒有看見城鎮中有什麼生命活動的跡象，他根本沒那個膽子進入確認，便直接推斷這一帶都沒有居民，推斷這兒每一座城鎮都跟薩撒烏里耶一樣，杳無人煙。此地被稱爲西班牙版的拉普蘭區[4]，還眞不是開玩笑的。之後，馬努爾返回薩撒烏里耶，他的心情較爲平復了，覺得他的巢穴沒先前那麼不安全了。

---

4. 意指芬蘭的拉普蘭區（Lapland），拉普蘭區的人口密度約為1.8人／平方公里，而西班牙的凱爾特伊比利亞山脈平均人口密度為6.99人／平方公里，人煙最稀少處約為0.98人／平方公里，故得其名。

他的勘查行動起初只是預防措施，後來演變為愉快的消遣活動。馬努爾喜歡這種放眼望去盡是農田的來回旅程，對自己從前「鄉村還不都是一個樣」的這個觀念嗤之以鼻。才怪！鄉村其實就和任何一座城市一樣，人人隨時都會碰上某個他眼熟的角落，比方長滿樹瘤的樹木、被地衣包覆的綠色岩石、能夠攀爬的枝幹、不能墊腳往下爬的樹枝、樹蔭下的青草茵茵、宛若一座公園的樹林，還有那個有著紅色岩石的峽谷、九月時搖身一變成為黑莓經銷站的灌木叢，灌木林團簇而生，構成一座小山峰，誰哪天不小心摔進去，全身就等著被刮成五線譜（而且是寫有音符的五線譜）。

馬努爾沒縫補過衣服幾次，幾乎連試都沒試過，但在薩撒烏里耶，他居然開始自己動手縫縫補補。最一開始，他是為了修補被扯破的衣服，之後慢慢做出興趣來，而且覺得這是一項實用的技能。他已報廢了一隻腳後跟破洞的襪子，用其剩餘的碎布做了一個貼袋，車在襯衫上，外出散步時，在裡頭裝幾顆花生或一顆水果，當作口糧。碎布也夠他做一個寬袢帶，他將袢帶縫在褲子上，把他那把劈柴的斧頭當作佩劍，隨身攜帶。還眞夠蠢的，但馬努爾笑得合不攏嘴。

每餐飯後，他都在爐灶上燒水，把肥皂滾成泡沫，在水磨石材質的水槽中刷洗鍋碗瓢盆，然後再把餐具和一些用品帶去湧泉台沖洗。他也在那兒洗衣服，活像個古早時代的寡婦。

馬努爾常常閱讀南半球出版社的書。他偏好在葡萄藤的樹蔭下讀，在那兒敞開肌膚，感受一種對哺乳綱人類而言既詭異又完美的感覺，令他很愉悅。他的書本何其多，而且主題包羅萬象。我告訴馬努爾，他繼承的那套叢書以書皮的顏色替不同的文類分類。書本從前的主人就像是安裝了小紅綠燈一樣，以色彩排序，把東西整理得整整齊齊。馬努爾很喜歡這個主意，覺得他們十分貼心，就像是細心的老師，處心積慮，就怕讀者迷失方向。這個小巧思令馬努爾感到滿意且愉快。

他著手撰寫戲劇作品。我猜他是把書中讀到的內容全胡亂拼湊在一塊兒，寫得一定是糟糕透頂，因爲就算到了今天，即便他跟我概述了千百次後，我依舊搞不清楚他筆下的故事是在說些什麼。他一定是不小心就把在南半球出版社叢書裡讀到的東西依樣畫葫蘆地搬了過來，但抄得是他媽的一塌糊塗。總之，他非常喜愛塗塗寫寫。

他做了許多數獨，但不是解題，他才沒有數獨題目，他製作題目、設計題目，自己構思題目。出題出完時，解題也解完了，當然囉。

用橡皮筋殺蒼蠅還眞是沒啥威風可言的（橡皮筋原本束著一捆韭蔥，被馬努爾取下來）。橡皮筋垂直擊中蒼蠅，而不是輕輕掠過，蒼蠅好似往外噴了出去，在空中停滯個半秒鐘，然後掉落到地上，無論是墜落的速度或是拋物線，都非常像是戰爭電影中被擊落的飛機。馬努爾將他擊落的蒼蠅數目記下來，並且努力打破紀錄。這像是一種擊殺小害蟲的電玩遊戲，只不過有著眞實的獎勵（家裡沒有害蟲了），而不是平板上顯示的那一句「恭喜過關」。

花椰菜川燙過後會散發出一種像臭屁的味道，若下鍋前特別留意，事先添加大量的醋，便可消除這股臭味。馬努爾刻意略過這個步驟，目的是要吸引蒼蠅，這樣他才有更多玩物。

就連規劃如何清除垃圾這種事，都令馬努爾感到愉悅。他把有機垃圾剁得碎碎的，埋入後院，以防有誰經過，探頭望入菱形鐵絲網圍籬內，好死不死看見新鮮的廚餘，害他行跡敗露。他很高興自己不但沒有製造髒亂，而且還滋養大地。至於包裝宅配糧食的紙箱類垃圾，則交給聖潔的火焰解決，而玻璃瓶罐總是不嫌多，馬努爾把它們改造成杯子、盥洗用的盛水容器，或是存放小東西的罐子。利多超市的塑膠袋比較麻煩，馬努爾把袋子一一儲存起來，等到哪天下雨再把它們燒了，讓風雨沖淡燃燒所散發出的臭味和煙霧，省得洩露了他的蹤跡。然而，塑膠袋總是比他記得焚燒的數量還多，堆積在那兒。馬努爾剛來到這裡時，屋內四處都是普萊卡量販店的塑膠袋，這會兒它們可有伴了，和利多超市的袋子相親相愛。

馬努爾開始於夜間出門撿柴。他說這麼做可以避免遇到人。但與其說摸黑行事更爲謹愼，我倒認爲其實是他喜歡夜遊。這陣子他使用新買來的工具，已經開始鋸樹幹上位置低矮的樹枝了。這些樹枝比他先前撿拾的柴火還粗大，生起火來也燒得更旺。有些枝幹甚至長達數公尺，馬努爾將上頭多餘的樹枝削除，然後整根扛回家。幸虧路上他不會遇到任何人。自遠方看過來，他模糊的身影就像是個悔罪者，在月光下扛著木材，是要把誰嚇死。

馬努爾的日子過得充實。然而，某天上午醒來時，他感覺時間多到快滿出來了，數百公升的分鐘，不曉得該如何填滿，不曉得該做什麼才是，令他感到頭暈目眩。然而，意外的是，偏偏就是這幾天，他不管怎麼樣，就是累得半死，手上的事情做著做著，眼皮就垂了下來，但他又沒有上床睡覺的意思，挑燈夜戰，修理排水不良的水管，或者實驗洋芋片包裝內層的反射率，看看是否能增加他的太陽能板的發電效率。這幾天，醒來時他害怕自己會虛擲光陰，但最終反倒成爲他忙了最多活兒的日子。

完全入秋了。鄉村地方傍晚六點鐘的天色看起來好像晚上十點，八點鐘就澈底入夜了，而凌晨一點鐘給人的感覺則像是曙光永遠不會再現。拂曉之際的四點鐘，天色有著無與倫比的美麗。

天氣冷得不像話。馬努爾得將沒用到的房間窗戶關好，替溫暖的區域劃定界線，避免熱氣溜了出去。

然而，這時的馬努爾已精通「篝火學」了。他拿起某本南半球出版社的書，把某個他不喜歡的章節撕下來揉成球，再抓一把秋天的乾枯落葉，將其包裹起來，然後把這粒丸子塞入樹枝堆中，上頭再蓋上直徑更粗大的木棒，最後堆上尺寸已是大得令人肅然起敬的樹幹。準備篝火時的馬努爾神情之專注，就像個替人打雜工的孩子，時而擠眉弄眼，時而做做鬼臉，像極了一幅耶穌誕生的靜物畫。

之後，馬努爾點火。他很喜歡用夾鉗在火堆中撥來撥去，撥弄用來生火的木棍，將木棍移來移去，擺放到可以燒得最旺的位置。「生火就是獨居者玩的桌式足球。」他老是這麼說。看來生火還挺有趣的。

馬努爾驚訝地發現火堆讓位於二樓的臥室升溫，但其他房間並沒有因此變得更加暖和。他在臥室內發現一個格柵網，上頭有門扣，鑲嵌在配電箱上。配電箱自廚房一路往上通到屋頂，最起初馬努爾還以爲那是屋子的結構柱。格柵網內是爐灶的金屬煙道。格柵小窗是開著的，煙道傳來的熱氣大肆噴發，瀰漫在整個房間內。這些鄉下人還眞聰明啊。馬努爾也注意到由於房屋牆面是用石灰岩砌成的緣故，也讓整間屋子暖呼呼的。

要把整個一樓烘得溫熱（以及透過煙道的傳導，讓二樓也變得稍微暖和），意味著必須燃燒大量的柴火。然而，馬努爾累積木材已經累積到了走火入魔的地步，快樂得不得了。那是一種私密的嗜好，既然私密，那麼不論好壞，都必須藏在心底深處。他撿拾木材，將木材扛回家，貪婪地將木材劈成兩半（貪婪歸貪婪，但沒有人受害，他是要去哪裡生出受害者）。運送木頭、鋸斷木頭，這些活兒振奮馬努爾的情緒，令他廢寢忘食。他感覺自己手上的木材總是比實際需要的量來得多。他創立了薩撒烏里耶樵夫聯盟，爲了不要一人獨攬所有職位，謙卑地將董事會成員的位置留給了自己。

起初，馬努爾將木材存放在他的汽車內，但車子的空間太小了，他便開始把木頭往屋內塞，塞得屋裡四處都是一小堆一小堆的木材，各種長短粗細應有盡有，空氣中瀰漫著一股微微的香氣，彷彿正在祈求早日與火柴邂逅。馬努爾喜歡隨著體能活動而來的暖氣。「劈完柴我就不用燒柴取暖啦。」他老是這麼說。問題產生前，就先被解決方法搞定了。

然而，早晨時馬努爾會跑去湧泉台那兒用冰水洗臉，硬是讓自己清醒過來。第一道打在臉上的冰水打得他發疼，但他之後便停不下來，不斷朝臉上潑水。夜晚，天空落下皚皚白雪的那些夜晚，他居然把雪塞到屁股內，說這麼做令他冷靜，而且對身體很好，也不曉得是哪方面好，完全沒有醫學根據，反正好就對了。之後，不管月亮有沒有出來，馬努爾都會頂著他那冰涼涼的屁股出門撿柴，一邊前進，一邊快樂地低聲哼著歌。飄雪濛濛，步行在雪中的他大概很像雪怪吧，一道身影走在無雲的夜空下，可怕至極，嚇死人了。

某天夜裡漆黑得伸手不見五指，而且還下起了雨（有時候雨一下就停不下來，下到空氣中都瀰漫著一股沙丁魚的氣味）。馬努爾跑去收拾他晾在後院的床單。一陣狂風呼嘯而來，吹得床單罩在他的頭上。他擔心這時好死不死會有人經過，探頭望進鐵絲網柵欄內，但他不是擔心自己會被哪個村民撞見，不是擔心那人會跑去通風報信，而是擔心那人會被眼前的這個鬼怪嚇得魂飛魄散，擔心那人會因驚嚇過度，餘生都頂著一頭白髮，擔心那人會跑去電視節目上發誓世界上真的有鬼。

這時候的天氣已經不適合在湧泉台洗滌全身了。馬努爾請我在這個月的宅配中，替他多買一個大湯鍋或小鍋子，或任何一種稍微有點寬度的金屬容器，說他要在家中燒水盥洗。我在利多超市只替他找到一個做燉飯專用的平底淺鍋，容量換算下來可以煮個十二人份的燉飯，但深度不是挺深。馬努爾並不在意，稍微生個一般的火，不用三兩下的工夫，平底淺鍋就把五公升的水量燒沸騰了，看得他是嘖嘖稱奇。他前後燒了三次水，才湊足他需要的熱水量，然後把水拿到浴室，倒入浴缸內，和冷水混合在一起。

我可以想像馬努爾手裡拿著兩條抹布，握著握柄，端著熱氣騰騰的鍋子走在走廊上，彷彿某個節日的中午，浴室內賓客雲集，全都在等著他送上燉飯，迫不及待要以熱烈的掌聲迎接他。

夜晚——晚上的時間多的是——馬努爾嘗試在屋內摸黑行走。這個在幽暗之中磕磕絆絆的遊戲深深吸引著他。他邊玩邊練習，就怕哪天他那台陽春的自家電力設備爆炸，那他就陷入黑暗了。他貼著牆壁前進，一面用小指摸著牆壁替自己引路，一面思索。隨著時間流逝，再加上手指反覆撫摸，最終他會在牆壁的砂漿上留下他的指紋痕跡。就像是握著一枝指腹的筆，而且這筆還附有定位功能，在屋內四處留下簽名。

9

我從馬努爾的帳戶領出，然後存入我戶頭的那筆錢，協助他落腳且支付了四個月的各式生活所需物品後，大約還剩個兩千一百歐元。然而，由於每月在利多超市訂購糧食的關係，這筆資金飽受侵蝕，餘額變得越來越單薄。

馬努爾曉得我的手頭很緊，知道我也不太能夠救濟他。他堅持說就算他發瘋了，也不會收下我給他的錢，說他寧可去自首，也不要當啃老族，靠他可憐的姨丈供養（被他形容爲「可憐」，我不會感到心痛，至少從他口中聽到不會）。我得想個辦法，讓他乖乖聽話。

對一名亡命之徒而言，被迫躲在他的巢穴之中，過著隱姓埋名的日子，哪兒都不能去，要找到一份適合的工作，幾乎可以說是不可能的事。隨便一份支薪的工作都和馬努爾本人一樣，遍地難尋。他被迫過著地下生活，進而增加了求職的難度。他要找的工作得滿足諸多條件，必須能在家中作業，主管不會登門查訪，完成後交差了事，除了正式的分內工作外沒有其他額外的業務，而且無須直接與業主接觸。當然，不必冀望這份工作能夠滿足馬努爾從前的心願，他根本不可能有機會和同事混在一起，打成一片。

我已經替馬努爾找了好幾個月的工作，可以說是全力以赴，我連替自己找工作都沒有找得這麼勤。畢竟，就表面上來看，這份工作是我要做的，原因顯而易見，到頭來需要簽署合約的人、薪資的入帳對象，以及需要報稅的人，都是我。我檢視先前整理的人脈資源清單，從屈指可數的聯絡人之中挑出幾位，開始亂槍打鳥，看看有沒有什麼機會。我被逼得狗急跳牆了。必須趕緊讓馬努爾開始生產才行。這一點都不簡單。

然而，今日有許多新型態的工作，幫了我的大忙。我聽說有份差事可能適合馬努爾。這工作很有意思，除了錢以外，還可以提供他一個額外的好處。我非常擔心哪天馬努爾會捱不住寂寞，被搞得腦袋不正常。這份奇怪的工作可以排解他的孤寂，而且我倆還不會遭遇危險，給了他與人交流的機會。這是馬努爾一直以來的心願。若我們行事謹慎一點，他就不會有被人逮到的危險。

這份工作的最低就業資格門檻為何？小學畢業，受過基礎教育就夠了，門檻可以說是相當低。就履歷來說，讀完四年級的人比只讀到二年級的人更有競爭力。若純粹看教育程度門檻，有些人只讀完小學一年級，也跑來應徵，但其實許多求職者甚至連小學都沒上過。求職者的教育水平沒有最低，只有更低。

我們設想一下最糟的情況吧。學習乘法和除法的確可能會失敗，但學習加法和減法，那就比較難不成功了，學習寫字甚至更難失敗，就算非常不情願，學習閱讀失敗的機率可以說是微乎其微，雖然這種事也是有可能發生。

講得更誇張點，就拿最誇張的情況來說吧，一個人的發音器官只要不要爛得太離譜，只要智商不要低得太過分，是絕對不可能學不會說話的。根據某些語言學的觀點，開口念出詞彙（一百個詞彙、兩百個詞彙）也許是唯一一種在正常情況下不可能不發展成功的高級能力。

這份工作是一間位於馬德里的語言補習班。該補習班使用的教學法，雖然今日看來十分普遍，但在當時來說還算是頗新穎的。他們的方法就是讓學生用他們正在學習的語言，進行純會話練習。至於這份工作的實際內容，則是接聽正在學習西班牙語的外國學生打來的電話，然後陪他們聊天，話題不拘，看是要聊芝麻綠豆般的瑣事，或是國家大事，都可以，但絕不使用學生的母語（大部分的學生都來自英語系國家），只用西班牙語聊天。學生的程度有所不同，上至熟諳西班牙語，下至貨眞價實的聾啞人士，不會說話，也聽不懂。

這間補習班的薪資撥款方式對我們有利。學生客戶撥打一支特殊費率的號碼到補習班中心，來電會自動轉接到「口語專員」——補習班如此稱呼合作的老師——的手機。

補習班結算口語專員服務的分鐘數，再以匯款的方式支付薪資。馬努爾的處境困難，這種領薪水的方式對他來說有利無弊。

我假裝有意應徵這份工作，登門拜訪補習班。如果我被錄用，我會提供他們馬努爾身上那支掛在我名下的門號號碼，以及我的銀行帳戶資料（馬努爾見不得光，我沒辦法提供他的帳戶資料，更何況他的帳戶已經結清了）。他去陪老外練習會話，薪資結算匯入我的戶頭，我就能繼續在利多超市替他進行每月採購。

要是補習班的人哪天打電話給馬努爾，要是他們還記得我的聲音的話啦，他只需要裝瘋賣傻，然後叫他們改撥打我真實的電話號碼，並告訴他們現在我人不在這邊，就沒事了。

補習班提醒我這份工作並不好受。一開始乍聽之下是很不錯，聊天打屁還有錢賺。然而，事實並非如此，補習班支付的酬勞真是少得可以（每小時實付三點零五歐元）。再者，有許多學生住在一些奇怪的鬼地方，不是地表之下五千公里處，就是地表之上七千公里處，時區詭異得不得了，他們所處的行星彷彿是立方體，而不是球體。因此，不管晚上幾點，都可能有學生來電。

補習班的人說什麼，我都回答說沒有關係。他們提醒我由於語言障礙的緣故，學生脫口而出的蠢話比一般的蠢話還蠢得許多，有些「口語專員」聽著聽著，火氣都上來了。這還不是最糟糕的。有些專員必須聆聽學生個人碰上的難關，情節不堪入耳，什麼另一半怎樣怎樣啦、兒子又怎樣怎樣啦、全球面臨什麼樣的威脅啦之類的，老天啊，什麼都能扯上兩句，聽得他們筋疲力竭。我想起馬努爾一直以來都非常想跟人類談話，便告訴補習班的人說我覺得這麼做是應該的。

補習班對我進行了測驗，然後我也通過了。我說起話來有如舌燦蓮花，且字正腔圓，怎麼會不通過。當天早上我打電話給馬努爾，告訴他這個好消息。我跟他說，他上知天文下知地理，而且一口英語說得比英國《太陽報》旗下許多編輯還純正，就要去從事如此「複雜」的工作了。語畢，我捧腹大笑，他也哈哈大笑。我倆心想他讀了那麼多書，最後還不是跑來幹這種只需要用母語嘰嘰喳喳說個不停的工作，從最基本的基礎一點一滴累積的知識，最後還不是全都變成沒有用的廢物。老師，馬努爾完全沾不上這兩個字的邊，聊完天他就拍拍屁股閃人了。就他的履歷來看，他在這份工作上所能貢獻的，實在沒什麼價值，甚至遠遠比不上一般幼稚園體操課慷慨給的及格分數。

這份工作的薪水少得不得了，我也據實告訴馬努爾。他回答說他平常缺錢缺習慣了，一下子發了大財，反倒會不曉得該怎麼辦。就薪資這方面而言，這間補習班跟他這輩子所見識過的其他工作相比，還眞是半斤八兩。

我倆能夠取得這份工作算是走運至極了。這份兼差多少能讓我們貼補家用，而且被警方逮到的風險低之又低。我倆終於鬆了一口氣，尤其是我，事情到了這番田地，我甚至已經想像自己爲了繼續在利多超市替馬努爾訂購物資，變賣了我的腳踏車、我的躺椅，以及我那精美的扇子收藏品（三把完好，另一把破損）。

這份兼差有一個我特別滿意的點，但我沒有告訴馬努爾，因爲交友不順遂的人並不喜歡被別人提醒他們過得有多孤寂，就算孤寂的原因不是因爲他們木訥（雖然馬努爾的確是木訥），而是形勢使然（以馬努爾的情況來說，他面臨的是刑事責任），也一樣。我的「特別滿意」意思是，馬努爾做了現在這份工作，就可以和其他人類說話了，他最喜歡聊天了。他將與孤獨作戰。

一個星期後，第一位學生打來了，是一位愛爾蘭人。之後他陸續接到更多來電。馬努爾有了一個他可以緊緊抓住的東西了。我說的不是那微薄的工資，而是男男女女的說話聲音，可以幫助他解決他在情感上的需求。雖然程度並不大，他和外國學生之間隔了千山萬水，再加上語言的束縛和文化差異，都設下了層層阻礙。不過，沒魚，蝦也好。

然而，隨著時間經過，我發覺我實在是太天眞了，居然奢望那些工作上的交談足以排解馬努爾對友情和感情的渴望。他孤零零一個人，見不到任何摸得到的活人，見不到任何他可以現場聽到聲音的人，見不到任何眞實存在的人，總有一天一定會崩潰。一想到這點我就非常難受。終日不與人接觸，換作是誰都會被逼瘋，更別提是馬努爾了。

我不曉得怎麼搞的，突然一個心血來潮，覺得如果隱居生活變得不堪忍受，那麼養條狗也不失爲一個好主意。我可以再想想要怎麼把狗弄給他，儘管新的宅配意味著新的牽連，會衍生出新的危險。我把養狗的主意告訴馬努爾，注意用字遣詞，就怕他聽了會感覺受傷。然而，我倆都明白我的這個提議根本沒有可行性。

馬努爾與一般人疏遠，的確是一回事（壞事）。但偏偏這個所謂的一般人就是他在性事方面的渴望，與這個群體分離，他該如何承受，那就是另一回事了（更糟糕的事）。他大概打手槍打得要精盡人亡了。我想像他自慰的次數之多，幾乎都要染上梅毒了，想像他緊緊握著他的命根子，自己跟自己進行活塞運動，尻槍尻得都可以把牆壁粉刷了個遍，在鄉村的空氣中灌滿他的細胞，四處亂竄，尋找可以受孕的容器，要衝進去孕育新生命。我總感覺馬努爾發射了那麼多子孫飄浮在空氣中，有些花朵大概都已經完成授粉，結下具有馬努爾基因的果實了。

對馬努爾而言，射精想必比較類似撒尿，而不像是一項有關陪伴、互助和幻想出來的情愛的行爲。對他而言，射精大概像是排出一種空洞的廢物，必須將其排出體外，沒有爲什麼，因爲不這麼做的話，他會很難受。

他手槍打著打著，一轉眼就是平安夜了。我相信他一定沒有計算時間，也不曉得這天是什麼大節日，便決定不要祝他耶誕快樂，決定就連「耶誕節」三個字都不要向他提起，省得他突然被孤寂感淹沒，情緒跌落谷底。人們在大街上相互祝賀佳節愉快，而他卻躺在一個深淵的底部，還是別提醒他比較好。馬努爾會聊到這年平安夜，會聊到那條小狗，但這都是非常之後的事了。

10

馬努爾常跟我聊起葡萄藤，那座他越來越喜愛的葡萄藤。我意識到，由於馬努爾接觸不到眞的看得見的人和眞的摸得到的人，他將情感聚焦在眼前任何有生命的東西上。他常問我葡萄藤有什麼需求、慾望和渴望，我去查了一下資料，然後把我讀到的內容轉告給他。我口中的情報加上他自己的觀察，把葡萄藤打造成了一門龐大且嚴肅的神祕學，占據他的腦海，連他自己都覺得好笑。

葡萄藤對馬努爾提供周到的服務。首先是葡萄果實，簡直就是天上掉下來的甜點，與太陽密謀、在日光的灌溉下恣意發甜。一月，替葡萄藤修剪枝葉可以得到一大捆小樹枝，粗細恰到好處，適合丟到爐灶內點火，從枯枝落葉搖身一變成了柴火。馬努爾想起他曾在馬德里的一間黎巴嫩酒吧吃過川燙葡萄葉，等到差不多六月，主蔓發出葉子時，他就可以把葡萄葉摘下來燉煮調味，吃看看滋味如何，想必是非常美味。葡萄藤從馬努爾的好朋友，變成一間貨品齊全的蔬果鋪。

還有樹蔭。任何消暑的妙招都比不上樹蔭，太陽越毒辣，樹蔭就越涼快。樹蔭讓馬努爾聯想到夏天、診所清潔、一種液態的味道、一種獨一無二的綠色氣味。然而，寒冷的季節，比方現在，葡萄葉紛紛掉落，葡萄藤彷彿曉得它得拉開窗簾，歡迎稀疏的陽光灑進屋內。葡萄藤是被馴化的植物，就好比動物王國中殷勤的馬兒，或是風趣的小豬。

馬努爾的汽車逐漸腐爛。這樣最好，他的車子最好長滿壞疽，一旦車子成了破銅爛鐵，他就再也不會動心起念，再也不會哪天早上又開車出去四處蹓躂，也就不會被哪個鄉民撞見了。有鑒於此，馬努爾就像是夏天時摘李子、葡萄和黑莓一樣，一小部分一小部分地取下汽車的零件，不知不覺就把整台車給拆了。某天，他先是取出菸灰缸，拿去客廳丟橄欖的籽。另一天他扯下雨刷，拿來抓後背的癢。他甚至開始把後車廂當作裝髒衣服的籃子。他有個睡袋，一時興起，索性開始偶爾在車上過夜，活像個外出探險、夜宿郊外的少年。

馬努爾的衣服顏色越穿越糊。湧泉台的水量就那麼一點，很難把洗衣精沖洗乾淨。因此，他越來越常把衣服丟到滾水裡頭燙，或是扔到稀釋過的漂白水裡泡，總說這樣弄完後，衣服泛著一種棕褐色，其實更好，說這模糊的顏色是一種保護色，有助於他在紅褐色的田野中隱藏自己。

我想要試著幫助馬努爾，擅作主張在利多超市替他買了幾件衣服。不過，他從來沒有提起這份我多加入宅配清單的小禮物，彷彿我只是在提供他一項附加的服務。

然而，馬努爾倒是有事沒事就會感謝我給他那件大衣。根據他的說法，他並沒有脫下大衣，因爲對他而言大衣已成了一種永久性的帳篷。至於那雙從前屬於我的靴子，他也有著同樣的眷戀，無比信任它們，把它們看作是履帶式裝甲車。

有件事馬努爾從來沒做過。他從來沒有穿成「要去田野的模樣」去田野走走，不是因爲買不到這種衣服，而是因爲就審美的角度來說，他無法接受。就算他能夠治裝、就算他想要治裝，他也絕對不會把自己打扮成旅遊雜誌中的探險者，或是吹著蘆笛的安第斯山人。他對他身上這套「馬德里穿搭」——他逃離首都時穿的那套衣服——非常有信心，是它忠實的擁護者。衣服要破洞就破吧，要沾上油汙就沾吧，要褪色就褪色吧，那又如何。他的這一身穿著，看上去就像是一位被卡耀地鐵站的入口告示牌砸中的太陽門廣場居民，但他寧可如此衣衫襤褸，死也不願把自己穿成鄉村風、探險家風或另類風的模特兒。

馬努爾養成了新的盥洗習慣。他的洗澡頻率大減。換作是其他人這麼做，早就被當作是邋裡邋遢和自暴自棄的表現。但這在他身上則成了一種信號，表示他依舊關心那些會對他造成影響的現象。這一切都是他觀察和嘗試後所做的決定。

馬努爾從「頭殼」生出結論。這並不表示他是透過思索得出結論的，而是不知不覺之中，他就已經兩個月沒洗頭髮了，但頭髮依舊乾淨，彷彿昨天才洗過一樣，差別在於頭皮屑不見了，頭皮也不會癢了。通常只要停止每天洗頭，上述的這兩項毛病就會馬上浮現。他已經克服了第一階段，頭皮不會出油了，這意味著洗髮精其實是油脂的催化劑，被設計成要是消費者偶爾停止使用，一股油汙就會在頭殼上噴發出來。洗髮精是一種預謀令人成癮的化合物，強迫使用者成爲忠實的顧客。

這一切在在證實了馬努爾的懷疑，證明了肥皂什麼的全是謊言。「都是騙人的。」馬努爾說。

馬努爾不再洗澡了。第一階段，他有一種不舒服的感覺，但他覺得這種不適感是假的，並非天生的。一個月後，他的預言成眞了。有一天他突然發現，光是想像用水打溼全身，就令他整個人感覺懶洋洋的。他一而再、再而三地告訴我，他開始思考自己是不是患有戒斷症狀。他口中所謂的「戒斷」，指的是沐浴乳和肥皂就像古柯鹼或糖一樣，停止使用後會讓人感到痛苦或不適。此外，還有個額外的結果，不再使用這些「藥」妝用品後（恰好也有個「藥」字，還眞妙啊），身上的體味也隨之消除（使用這些用品的衝動也消失了）。馬努爾常告訴我，他長達四個星期沒有在身上塗抹任何盥洗用品，不但不會散發出任何不潔的氣味，也不覺得自己對這些用品有依賴性，不覺得自己沒有它們會渾身難受得不得了。他的舉手投足也沒有變得「腋味深長」（反正也沒有別人聞得到，他是可以問誰），也沒有洗澡的慾望。他已經克服了「皮膚依賴期」。

馬努爾說的話不無道理。小時候，我也常常拒絕洗澡，常常對香菸說不。現在只要不洗澡，或是沒菸抽，我反倒會活不下去。

馬努爾三不五時就會思考一件事。他會納悶，我們的曾曾祖父母總是隔個三個月或半年以上才洗一次澡，怎麼還會有慾望傳宗接代。如果沒有肥皂眞的會害人渾身發臭，那麼曾曾祖父母輩的人怎麼還有膽子「做人」，怎麼還有機會輪到我們被生下。也許是因爲眞正令人發臭的東西其實是藥妝用品吧，不然就是我們的祖先生下來沒有嗅覺。

馬努爾咬著祖先與後裔這一點不放。他執意認爲我們這一代的有些人要是有孫子，那麼他們的孫子會很訝異我們這些前人居然使用名爲「肥皂」的毒物，他們會感到心思紊亂，就跟我們當初得知我們的祖父母服用放射性藥品治病療傷時一樣。

我沒有膽子實行馬努爾介紹的衛生行爲，我依舊緊緊抓著我的沐浴乳罐子不放。然而，我確信他的話全是眞的，畢竟他都試驗過了，而我沒有。他才比較清楚。

他仍舊四處撿拾柴火，不分青紅皂白，把所有木材一掃而空，搬回家鋸成段。好一個帶勁的活動。現在他稱呼他的斧頭爲「印第安戰斧」，外出勘查全程佩戴，掛在襪筒碎布製成的袢帶上。還有那個ＩＫＥＡ藍色環保購物袋，則塞在他那件可以容納一切的大衣口袋內。他在購物袋內塞滿木材，每次回家時都把袋子抬得高高的，扛在肩膀上。

購物袋的提手加上木材的重量，磨蹭著他的三角肌。馬努爾老說對他而言，那就像是天使在替他按摩一樣。

夏天時，馬努爾已嘗過植物樹蔭的恩惠。現在他依偎在徐徐燃燒的篝火旁。「好舒服呀，」他常說，「天熱的時候，有葡萄藤。天冷的時候，有柴火。」

總之，馬努爾常說最好的暖氣就是穿上毛衣（然後最好的冷氣就是脫下毛衣）。他常說只要好好穿上襪子，上床睡覺就絕對不會受寒。穿襪子睡覺令他渾身發熱，根據他的估量，熱度相當於裹著一條中等厚度的毯子。雙腳被襪子包著，嘴巴呼出的氣被被單折疊的部分反彈回來，熱呼呼的，他只需多把一些被單當作大衣捲在身上，便不必擔心夜裡會受凍，安心地進入夢鄉。

除此之外，馬努爾總是穿著衣服睡覺，不是因為他不換睡衣，而是因為睡衣就是他平時穿的衣服。醒來時，他從床上跳起來，穿上他那件名聞遐邇的大衣，套上他平時穿的那雙靴子，無須多做打扮，這身行頭就帥得不得了。

薩撒烏里耶對馬努爾而言是個前所未見的生態系。他的健康狀況並沒有因移居此地而走下坡。他為此懷著感激的心，因為他沒辦法去看醫生。反之，說起預防感冒，他總是認為只要夏天熱個一下、冬天冷個一下，配合氣候的節奏過日子，就完事了。此外，他也很高興自己不必經常拜訪銀行或提款機。這些場所營業時，打從入口處開始就瀰漫著一股重感冒的味道，飄散在空中，任何人都聞得到。

馬努爾也習慣上床睡覺前先去後院撒尿，到外頭透氣消毒，一面用如凍雨般的尿液灌溉葡萄藤，一面感受小雞雞暴露在零下兩三度或零度左右的那股新鮮感。

他使用一些平凡不起眼且多用途的產品，來對付自己的大小病痛。他越來越不常使用牙膏，將其擱置在一旁，他說許多牙醫師指稱牙膏一點用都沒有，因爲眞正抑制口腔細菌堆積的，其實是刷牙的機械性動作。馬努爾用溫水加鹽巴漱口，預防細菌滋生。沒有比他的溫鹽水更好的漱口水了，比市面上販售的螢光色漱口水還有效得多。此外，醋就是他對付蚊蟲叮咬的解藥，牛奶則是緩和胃燒灼的解毒劑。他常說，人不小心切到手的時候，我們出於本能會把手指含在嘴巴內，因爲要讓血液凝固，沒有任何方法比得上唾液。

馬努爾倒是有一盒消炎止痛藥，我之前透過速屋快遞寄給他的那盒。他依舊尚未拆封，因爲他在薩撒烏里耶從來沒有頭痛過。

諸位知道，正如我所言，馬努爾和我一如往常，持續於下午四點鐘進行每日通話。這雖然是一項例行公事，但我一點都不覺得單調乏味。二月的某一天，馬努爾請我去幫他查查什麼月分適合種南瓜。他吃了一顆從利多超市買來的南瓜，一半燙著吃，另一半當作是橘色的馬鈴薯，切丁炒來吃。他覺得裡頭掏出的南瓜籽可以當作種子，想看看若把籽埋在後院，會發生什麼事。我接下委託，做足了功課。距離播種的季節還有兩個月，他得注意幾個種植的方法（比方栽種之前先把籽清洗乾淨、讓泥土透透氣、澆水頻率需適中），種子才會發芽。馬努爾做了筆記，把所有注意事項記下來。

三月初，我查詢了我那岌岌可危的活存帳戶的餘額，發現了一件事，令我很開心。我注意到那間西班牙語補習班的薪資入帳金額增加了。換句話說，申請「我」的服務的老外變多了（得了吧，提供服務的人其實是馬努爾）。增加的幅度不大，但我很開心、開心得不得了，因爲這意味著那個好好做事的馬努爾要回來了，意味著學生指名要他上課，也許表示他們流利對話的時間比較長，也許表示他的教學成效良好，補習班又分配了新的學生給他。

我推斷馬努爾在課堂上表現得能言善道。他實際上是個健談的人，雖然第一眼看上去不像，雖然他的健談是靠著一份師生契約支撐的。無論如何，我很高興他可以跟那些老外聊得愉快。我發現一旦破冰後，以學習做爲藉口，一個人居然可以對著陌生的耳朵暢所欲言。這點令我熱血沸騰。馬努爾達成他一直以來的心願了，他正在和其他人類聊天，其他的異國地球人，雖然他看不見他們的臉孔，但這已經算是非同小可。

這個小小的進步也意味著馬努爾的金錢資源稍微增加了。我們的撲滿這會兒增加了幾公克的重量，馬努爾現在有條件請我幫他買一些額外的東西了，就算是他一時心血來潮也不打緊，只要在利多超市買得到，都好辦。我是這麼告訴他的，因爲是時候該「小」手筆揮霍一下了。他花了整整一個星期，才回覆我要添購什麼。我大可以自作主張，替他訂購一張比較像樣的床罩，或是一小包明蝦，或是一面鏡子，讓他刮鬍子的時候可以照。然而，馬努爾只要求了兩三樣低價位的商品，比方幾枝木頭晒衣夾，一包白紙，一把美工刀，就這樣。好吧，他自有盤算。

然而，三月中旬我過得很慘。發生了一件事，替整起事件蒙上一層陰影，可謂是愁雲慘霧。我用電腦上網閒逛，瀏覽新聞，在其中一家報社的網頁上隱約讀到一則新聞，令我震驚不已。一名隸屬於鎮暴警察單位、現年二十九歲、姓名縮寫爲E. T. P.的員警，因遭利刃武器致傷，於馬德里逝世。這則新聞刊登在一個數位小報的一個角落，就說到此，沒有更多資訊，但活生生地擺在我的眼前。

如果報導中的員警就是門廳事件那位警察，那麼馬努爾使用螺絲起子自衛時，很有可能失手誤傷人了。該名員警簡直就像是他的移動式標靶，可能在醫院垂死掙扎了好幾個月，在鬼門關前進進出出，最終命喪黃泉。報導中描述的凶器同樣也是利刃，員警的年齡也吻合，而示威遊行那天也有一名警察身受重傷，而且警方人員的殉職人數非常低，事實上，幾乎可以說是零。因此，門廳的員警和報導中的警察，八成是同一人。這則新聞眞的要把我嚇死了，害我煎熬得像是熱鍋上的螞蟻，不被搞成精神錯亂才怪。危機，尚未解除。

當天下午，這則新聞就從網站上撤除了，而且從此沒有重新登上新聞版面。事有蹊蹺。我覺得其中一定有鬼。

時間來到七月，我依舊在猶豫是否要把那則新聞告訴馬努爾。我二度決定不提這件事。他知道了以後反而會憂心忡忡的，一點好處都沒有，再者，他需要保持高度冷靜，才不會又鑄下大錯。要是現在出了什麼差錯，要是那則報導裡的警察就是門廳事件的那一位，那事情可就不妙了，比開膛破肚還慘不忍睹。

不久後，我簡直要被馬努爾嚇到老命都沒了，好似他心懷叵測，刻意要害我一顆心揪著。我有整整一天完全聯絡不上他。他不接我的電話。我倆約好每日在固定的時間通電話閒聊，因此只要這個週期被打破個一次，便表示大事不妙了。我狂撥電話給他，奪命連環摳，越打我越心痛，因爲我倆對薩撒烏里耶太有信心了，以爲把這裡當作藏身之地就萬無一失。我試著打消心中不祥的念頭（試著不去想像他被逮捕了、出了什麼意外了，或者甚至死了）。

隔天，馬努爾終於接聽我的來電。我向他表示這段時間我有多煎熬，有多恐懼，他卻回答說我沒必要如此操心。他說他從家裡看得見遠方有幾座小山丘，跑去那兒走走了，而且沒帶手機，什麼事都被他拋到九霄雲外去了。隔週，他絕大多數的時候也和這次一樣，某天又沒消沒息的，然後又給了我一個含糊的解釋，試圖藉此安撫我，還跟我發誓沒有下次了。不過，我看我還是做好心理準備，看看馬努爾又會耍什麼新花樣，因爲他的這些脫序行爲，讓我有預感他想要做些改變。

四月，時機成熟了。馬努爾種了南瓜。首先，他把一小塊地標記出來，範圍大概有五公尺乘一公尺那麼大，接著他把汽車——他的私人專屬一歐元均一價商店——手套箱的蓋子拆下來，拿來翻地，把土壤翻得鬆鬆的，然後把南瓜籽兩兩一對埋入土中，一共埋了十對，希望可以種出十顆南瓜，最後澆了澆水。每天，馬努爾監視著這塊小農地，見雜草就拔，但雜草馬上又長了回來。他希望農地裡只長出該長的作物，而不是這些討人厭的植物，四處亂長一通，煩都煩死人了。

馬努爾也來得及撿拾今年的最後幾顆松果。他用螺絲起子的尖端把松果撬開。被挖空的松果好似手榴彈，無法轟炸戰壕，倒是非常適合拿來替爐灶生火。

11

播種的一個星期後，一則令人不快的驚喜隨著郵差一起抵達。郵差在我的信箱投遞了一個銀行信封，那種有著透明塑膠小窗口的信封。那是我的帳戶對帳單，根據上頭的資料，和老外聊天的收入大幅縮水，進帳金額略低於原本的一半。

我第一時間感到的是苦惱，以爲補習班的人在混水摸魚，沒有確實結算薪資給我們。然而，之後我突然擔憂了起來，擔心那個拙於社交的馬努爾是不是又回來了。他越想要與人交流，就越容易和對方發生爭執，不管發生多麼微不足道的小插曲，都可以搞砸人際關係。

我等到平時通話的時間，打電話給他，問他發生了什麼事。

他回答我說一切都好，補習班支付的薪資正確無誤，他也沒有和誰有什麼摩擦，事實上跟他聊天過的老外人都很好，他甚至感受得到遠在地球另一端的他們所表現出的尊敬和友愛。然而，他接聽的來電越來越少。

我們所有人在工作上所追求的不外乎是兩種東西，金錢，以及一點點的和諧人際關係。這兩者對馬努爾而言都變得可有可無。這小子到底怎麼了？

他和我一五一十地娓娓道來。

他從最一開始說起。他說當初他是受情勢所逼、被一把螺絲起子害慘了，才會來到薩撒烏里耶，才被迫來到這個陌生之地。他也試著克服這一點，試著熟悉這個環境，然而，他適應得無比成功，並不覺得自己在這兒的生活和從前有什麼不一樣，隨時隨地想做什麼，就做什麼，逍遙自在似神仙。他說：「這輩子他媽的從沒過得這麼舒服。」

馬努爾信誓旦旦地說工作方面非常順利，然而，他在薩撒烏里耶所做的隨便一件事情都是超越人間範疇的有趣，對他而言，比他那個嗑嗑巴巴的聊天課程來得重要多了。他說，這些老外用生硬的西班牙語說著一些煩人的瑣事，開始聽得他受不了了，德國波昂的天氣怎樣，他壓根兒沒有興趣知道，還有那個什麼托特納姆熱刺足球俱樂部，也是一樣。他說他原本忙得自得其樂，但每次電話鈴聲響起，就會被抽離，說是鈴聲玷汙了時間，說他每次接聽電話都很害怕，那股恐懼之大，不亞於聽見空襲警報大響。他跟我說有一次他爲了撐過教課的時間，告訴一名瑞典學生西班牙人口頭打招呼的方式其實不是說「你好」，而是「安安」，還有如果想要說得更接地氣一點，道別時就不該說課本上教的什麼「再見」，而是要字正腔圓地說一句「八八」。

我不覺得馬努爾這個行爲有什麼有趣的。好吧，算是有吧。我其實覺得滿好笑的，但這麼做並不好笑。

我連忙訓斥了他一頓，提醒他如果不接學生的電話，就沒有薪水入袋，而我也就沒錢在利多超市替他進行每月採購了。「嗯，這不是問題。」他如此回答我。他自己都不捍衛自己的生活費了，當然，我也並不覺得他會想要靠我好心資助他的生活開銷。他從來都不是一個愛揩油的人，還是說其實恰好相反呢。我無須開口請馬努爾說明，他自己和我解釋了。

「我們淨買一些有的沒有的蠢東西。」他回答。他要我把肉排、啤酒、番茄沙丁魚、巧克力夾心糖、肉醬以及其餘諸如此類的現成食品統統捨棄，幫他替換成鷹嘴豆、洋蔥、麵粉、糖、馬鈴薯、肝臟和乳製品，基本的消耗品，戰後時期[5]的食品，低檔且低價的食物。他說如果他得縮減散步時間，如果他得暫時放下手上正在閱讀的南半球出版社的書，如果他得停止照料他的南瓜，或是停止射橡皮筋，或是原本躺得好好的，看著一片俄羅斯地圖形狀的雲朵，卻得移駕起身，才可以得到那些複雜的食物，那麼他不

5. 意指西班牙內戰的戰後時期。一九三六年至一九三九年間，西班牙第二共和國爆發嚴重內戰，戰爭結束後進入此時期。

要也罷，因爲望著雲朵發呆，才是他眞正感興趣的事。

馬努爾隨便什麼都吃，只要能夠少花一點時間在賺取薪水上就好，反正賺的錢也是拿去買東西果腹。他讓自己過上了貧窮的生活，購買時間。比起在蔬果市場，他在時間市場逛得要開心多了，時間市場供應他更好的商品。

他計算過了，換成這些新菜單，只需九十歐元便可搞定每月補給。如果他每個月和老外度過悲慘的十五小時，就十五個小時，不多也不少，儘管薪資待遇很差，他還是能夠補足半個月分的儲糧。

另外半個月分的食物，他會動用他稱之爲「大基金」的錢來處理，換句話說，動用他爲了租蒙特拉街那間破屋，在馬德里幹那份鳥工作積攢下來的錢，也就是我爲了維持他的生計漸漸揮霍掉的那筆錢。補習班的薪資入帳後，扣除每月補給支出，大基金還剩下大約幾千歐元，根據馬努爾的計算，差不多要四年才會完全花光。四年的閒雲野鶴，他是無論如何都不想放棄的。

我只需要訂購好這場戰役的糧食補給就行了，剩下的事馬努爾會自個兒看著辦，他可是有本事化腐朽爲神奇。甘藍菜、小扁豆、通心粉、促銷的水果、巨無霸包裝的餅乾。他一副人在假日悠悠閒閒的模樣，鉅細靡遺地告訴我加了鹽巴、油和糖燉煮的莢豆，或者白米配炸大蒜有多好吃，吃到這些東西他最開心了，宣稱此味只應天上有。

「嘗起來有我的風味。」他說。就連麵包也一樣，不管有多硬，他都吃得津津有味。他把麵包沾上湧泉台的水，開玩笑說他吃的是泉水三明治。

李子、葡萄、黑莓、葡萄乾和葡萄藤嫩葉，各種水果有如耶誕彩券的額外彩球、安慰獎和最小獎，一字排開，任他享用，就靠它們度過半個夏季了。之後，馬努爾開始和我說明他將麵粉加入等分量的沸水和一小撮鹽巴，揉成麵糰，然後以非常滾燙的熱油油炸。說白一點，他做的東西就是吉拿棒啦，只是沒有吉拿棒擠壓器，而且麵糰還是球狀的，但還是不折不扣的吉拿棒。與蒙特拉街的住所永別的那一天，馬努爾原本就是要做吉拿棒。

秋天，馬努爾在幾棵不曉得是什麼樹的一旁看見掉落的橡實，他把它們撿拾了起來。當時他還不敢拿它們做什麼，但一月時，他便開始做實驗。他把橡實壓碎，並燉煮調味，一直實驗到他的腸胃和味蕾習慣這道新的前菜。他拉的屎大概都結石了，但他老說這個東西，可是只有血統名貴的伊比利豬才吃得起，說他這是在把自己的臀部養成伊比利火腿。

他也告訴我馬鈴薯烘蛋沒有馬鈴薯（跟橘子皮內層一樣白），且沒有蛋（改加牛奶），吃起來有多噁心。我問他真的有辦法吃這玩意兒嗎，他回答說顯然我是從來沒有嘗過。

我拜託馬努爾別再搞這些黑暗料理了，因爲我完全不懂他這樣胡搞瞎搞有什麼意義。然而，他依舊我行我素，亂煮一通。

我每個月都記得把不可不用的「藥」妝用品記在帳上。有鑒於馬努爾不使用這些產品的實驗，我們已經好久沒有採購沐浴乳、洗髮精和洗衣精了。然而，他倒是需要便宜實惠的漂白水來清洗地板，需要一大瓶洗碗精，刷洗鍋碗瓢盆等雜物，以及幾卷廁紙，做什麼用，這就不用特別說明了。他的手電筒用個半個月就沒電了，因此也多買了顆電池，他也計算了每年更換一次牙刷、菜瓜布和抹布需要花多少錢，妥善分配他那寥寥無幾的銅板。所有的採購用品算了算，他每個月只需和老外多瞎聊一個小時，便負擔得起。「我想我還做得來。」他邊笑邊說。

馬努爾的規劃嚇到我了。不過，我又能夠給他什麼建議呢，說得好像我很有本事一樣。我也希望我有那麼厲害啦。

有一陣子，他又重新計算了好幾次，最終，把他的收入和開支、生活成本、他那微不足道的薪資和帳戶餘額都算了個遍，總結出鉅細靡遺的數據。我對他的各項金額數字瞭若指掌，當然。他在利多超市的消費金額也是，那更不用說。如果我們照馬努爾的建議去做，確實，不購買那些基本用品，那他的收支還可以打平。

和老外聊天十六小時，不多也不少。馬努爾在補習班的評價非常好，打電話給他的學生還算滿多。因此，他可以要特權，只於特定的時間接聽電話。他把學生的來電集中在他想大聊特聊的日子，一個月就給他來個四、五天。他把這幾個工作天當作預防發音器官僵化的訓練，其餘好幾週都可以過得清閒，全都是他自己的時間。

馬努爾說明到這裡的時候，我發現了一個問題，而且還是個大麻煩。我直接了當地告訴他。食物和清潔用品都買好了，不成問題，但他還需要其他更多東西吧？還是說不需要呢？

結果，他不需要。他說他那面太陽能發電板的發電量少歸少，但綽綽有餘，他發覺使用後，他的電費大幅下降。他也發覺自己已經哪兒都不想去了，汽車方面的開銷也省了，從此不再爲此煩惱。他發覺穿著我送他的那件大衣，自己帥氣得不得了，治裝的花費也減少了。他發覺他不該使用保養品，以防成癮，個人清潔用品的支出也省了下來。他發覺扛木材回家生火取暖並不累人，反倒是一項很好的運動，原本可能花在暖氣上的開支也都免除了。衛生用品和藥品也是，大致上來說，馬努爾幾乎任何用品的支出都省下了。他的苦行生活十分有趣、有益健康、活化身心、好處多多。所謂的好處指的並不盡然是存款而已。這是一種修煉，令馬努爾渾身由裡到外都充滿喜悅。

儘管如此，他依舊承認他需要一些物品。這些東西並非食品，而且他尚未擁有。他爲此列了一份詳盡的清單，但無論他如何絞盡腦汁，這些物品的總金額就是無法超越一間普通餐廳今日特餐的價格。他把清單交給我，我做筆記，把這些物品加入下次宅配（要是利多超市的虛擬貨架上有這些商品的話啦）。

這份清單包括一台收音機。馬努爾打算用它來繼續學英語（無法被追蹤的收音機，換句話說，類比訊號收音機，再換句話說，價格低廉得可笑的收音機）。還有一把剪刀，他要用來剪頭髮，不然用美工刀修剪頭髮超痛的。他買了另外一把螺絲起子，這次尖端不是星形的。還有一把鋸齒刀、白膠、一枝附有脫水水桶的拖把。他說了算。所有商品加總起來，費用相當於搭乘十到十五次地鐵的車資。

不然他還可以買什麼？買台食物調理機，然後害他的太陽能發電板本來就不多的供電量更加吃緊？買台可以連網的平板電腦，然後讓警方透過ＩＰ逮到他？買輛腳踏車，然後讓他騎上公路被人撞見？若是如此，那還不如統統不買。而且，這些商品我也沒有門路取得，供應我們日常所需的利多超市才不賣這些有的沒的，所以說，又何必一直想著這些玩意兒呢。還有什麼？買件浴袍？買個新枕頭？買件毛衣？行，這些東西我還弄得到手，但有其代價，一來是他得奉獻許多時間給西班牙語補習班，二來是他沉迷於家中胡搞瞎搞，也沉迷於田野間東奔西跑，這些時間都會因此而被剝奪了。浴袍，出局！枕頭，出局！毛衣，出局！愚蠢行為的密集修煉，來吧。

「沒有浴袍，我就用毛巾湊合湊合。沒有枕頭，反正躺平睡覺我呼吸還比較順暢。

至於毛衣，我本來就有一件了。」他說。

至於前述那件事，馬努爾跟我講述一個他的奇怪發現。他已經自行研究過了。這件事基本上說的是他在思考，若哪天晨間散步時在某棵樹的樹腳下撿到一千歐元，那麼他會怎麼做。他得出的結論是就算眞的發生這種事，那天下午他原本該做什麼，就做什麼，計畫不會改變，他才不會飛快地跑去某個有人居住的城鎭把鈔票統統燒光，不是因爲會被人撞見，而是因爲他壓根兒不想這麼做。他說他會把那些鈔票撿起來，因爲不撿也太矯情了，但他不曉得該把這筆錢花在什麼上面。就算馬努爾並沒有拾金不昧，顧及了他自己的荷包，仍看得出他這個行爲遠比這一千歐元本身還更有價値。若口袋空空令人挫敗，且讓人感覺無依無靠，那麼這就是馬努爾「有依有靠」的「鼓舞」發現。

至於這一點，他跟我說他常常會回想起兩年前某天他發生的一件事。那天，他意外收到了一百歐元。加入那間唬爛電話客訴公司前，他做過許多兼差，爲他的大基金提供了一點小資本。那份工作就是其中之一，那兒所有的員工都被迫加班，被占足了便宜。沒有任何人領到加班費，但大夥兒都老實加班，容忍公司使喚他們做牛做馬，且無意擺脫桎梏。但馬努爾領到加班費了，八成是哪裡搞錯了。

這筆錢對馬努爾而言是意外之財。他一把抓起鈔票，狂奔到街上，那天心血來潮想買的東西全買了。回家時，他拎著一個小不拉嘰的袋子，裡頭裝了三枝2B鉛筆，以及在麵包店買的一個小不拉嘰的小圓麵包。他手上還剩九十六歐元，不曉得該買什麼才好。那個工作天，他掙得的不是幾枝鉛筆和一個應急充飢的點心。反之，若說這筆意外之財有讓他眞正得到什麼好處，那就是讓他意識到爲了工作，他放棄了許多自己渴望的事物，讓他開始意識到金錢已不是他所特別憧憬的東西。我們仔細思考一下，這就相當於在一個未知的小海灣尋獲一個裝滿多布隆[6]的藏寶箱。

這起事件導致馬努爾搬進蒙特拉街的那個小隔間後，便不願意接受我對他伸出援手。當時，他就感覺金銀財寶已經不再對他產生誘惑，感覺自己不會因爲貪財而幹出什麼傷天害理的事。先前，爲了搬離父親的家，爲了展開獨立的生活，他在馬德里苦幹實幹。來到薩撒烏里耶後，他想做什麼事都如願以償，而且走到哪都不會見到他爸媽。夫復何求。

總之，一般商店裡買得到的東西，馬努爾幾乎都不需要。「匱乏」就是他的大財寶，令他感到富足。他在一種無比簡樸的生活安頓下來，苦行般的日子過得是越來越歡喜，像是沉溺於激烈的體操，享受肌肉呻吟、氣喘噓噓和腳底板的疼痛。他對簡樸生活的慾望開始變得貪得無厭，他對貧窮生活的愛戀開始變得荒淫無度。

馬努爾過著的節儉生活不僅令他感到愉悅，也讓他富有使命感。起初，他只是稍微試試水溫，後來接受了，最後還把這種生活型態視爲愛妻，緊緊擁抱它。就這樣，馬努爾結婚了，成親的對象是他微薄的開銷，以及他低廉的花費。一種不消費的消費方式，簡直窮得可以。

他看起來不是很像魯濱遜，也不是很像亨利・大衛・梭羅[7]。他不像苦行僧，不像典型的倖存者，因爲這些人的生活總是貧困，且疲憊不堪，就好比身微命賤的妓女，汲汲營營地尋找大魚大肉、尋找殘羹剩飯、尋找恩客。馬努爾所過的生活與之相差甚遠，就實際情況來看，甚至可以用富裕兩字來形容（衣衫襤褸，但富裕）。他漸漸融入這放肆且奔放的簡樸生活之中，甚至連打理儀容的工夫都省下了，這小子好樣的，貪圖方便，卻不小心把自己整成一副邋邋遢遢的模樣，自己見著了居然還捧腹大笑。

馬努爾無論走到薩撒烏里耶的哪兒，都在訓練他的「簡樸生活」，把生活當作是一種刺激、但怎麼樣都沒辦法玩得好的遊戲，因爲「玩得好」意味著翹辮子（由於沒有糧食、沒有空調、沒有諸如此類的東西，而活不下去了）。那可不行，人要是都葛屁了，

6.多布隆（doblón）為西班牙古金幣，製造於西班牙、新西班牙（西班牙當時的總督管轄範圍，現今的北美洲、中美洲、亞洲菲律賓等地區）、秘魯、新格拉納達總督轄區（現今的巴拿馬、哥倫比亞、厄瓜多和委內瑞拉等），價格高昂。

7.Henry David Thoreau（一八一七～一八六二），美國作家、詩人、哲學家。最著名的作品為散文集《湖濱散記》（*Walden*）。

還要玩什麼。

吃的東西（臼齒的消耗品）、某些家庭用品（雙手的庫存物品）以及某些衛生用品（清潔髒汙的消耗品），確實不得不購買。然而，除了這些廉價的玩意兒，馬努爾並不曉得還存在什麼東西是他想購買的。這就像是某人不想學開車，也就不會把錢花在汽車上；或者像是某人清楚自己根本沒有意願扮演父親的角色，也就不會把錢花在孩子身上。馬努爾根本沒有花錢的念頭。他想不到任何轉移金錢的策略或技巧，他的想像力沒有提議如何將現金交換成商品。他的創意乾涸，不曉得該如何擬定減少資金的計畫，完全沒有稀釋錢財的戰略。就制定縮減資產的行動綱領來說，他還眞是沒有什麼天分。

依我所見，單純且嚴格地就經濟層面來看，馬努爾一毛不拔，財務情況簡直是好到不能再好的地步了。

12

馬努爾想要積攢的票券是免費的。他想要的是數不清的時間，化爲定存、債券、股票和資產形式的時間。他的野心無比巨大，唯一限制著他的，是一天只有二十四小時。這是他所追求的最終額度，得到二十四小時，就代表得到完全的財富，可以擁有完整的一天（金錢則恰好相反，追求金錢令他疲憊，而且怎麼樣都達不到頂點）。

他每少掙一分錢，就多購入一分鐘隱藏且嶄新的寧靜。他覺得這個價格很便宜。富裕的感覺在一貧如洗的馬努爾身上顯得格外諷刺，令他眼花繚亂。什麼東西對他來說都太多了，唯有時間不嫌多，但他也沒有妄自尊大到會去奢望他的一天能增加到二十五小時。他擁有恰好的時間，不多也不少，心滿意足了。永遠都將存在的時間（被下定義之物不能被定義本身包含，「永遠」這個字眼已經背叛這個法則了）。

馬努爾想像幾段對話，玩得自己快笑死了。除了他肚子裡的蛔蟲，才不會有誰覺得好笑。

「得了吧，我才沒有那個美國時間。」

「可是你有別國時間呀。」

只要想想馬努爾掌管了自己的時間，只要想想過著他的這種生活是什麼感受，就不難理解他會對自己開這種玩笑。我也被他逗笑了。

馬努爾的時間多得數不盡。他將聖耶穌基督日、聖歌利亞日和馬廄聖騾子日排定爲開玩笑的日子。由於這些被慶祝的聖人沒有顯靈的緣故，這些截止日期並不催促他，也不逼迫他完成什麼事。

他是何等好運，擁有的時間無比充裕，愛怎麼殺時間，就怎麼殺時間。然而，擁有厚厚的靈感型錄來消磨這些時間，那才叫做眞正的走運，這不是他的好運能夠相提並論的。如此多時間擺在眼前，爽做什麼，就做什麼，並不是什麼好事；一整天靈感源源不絕，爽做就做，那才叫棒。只達到第一階段的人是可憐的呆瓜，少了這個第二階段，他們就只能一直等候自己的「時候到了」，但苦苦等不到，終將被挫折感淹沒，最多撐個三個月，就會上吊自盡。他們看了看時鐘確認時間，發現仍是一大早（許多人退休後都是這樣），一天的時間還多的是，就像是發現一鍋佐了香料的屎，等著他們吞下肚。

馬努爾依舊恣意散步。他從來不走人類鋪出來的道路，東奔西走，走到他的靴子鞋底都喊疼了。有時候，散步帶給他某些好處（撿拾到柴火、松果，以及可以給南瓜當作肥料的腐植質），也有時候，散步根本沒什麼好處可言，唯一的好處就是讓他對自己感到佩服，如此浪費時間，居然一點內疚的感覺都沒有。

他撰寫的戲劇作品比之前還要更難以下嚥，我認爲啦。容我冒昧說一句，馬努爾感覺越好，他的作品就寫得越差。

他展開一個「圓錐計畫」，開始使用圓錐透視法（有著兩個消失點的透視法）描繪一座完整的城市，一座他所虛構的城市。他在客廳的「牆壁傢俱」後頭找到一大塊膠合板，用鉛筆和原子筆在上頭手繪。他用同一塊膠合板的一角，自行製作了一個三角板，然後又在後院找到一條木條，用它做了一個直尺。之後，他拿了一個茶罐子的正方形蓋子，把蓋子的高度當作長度單位，在三角板和直尺上頭標出刻度。他稱呼他的這個計量方式爲「馬努爾計」。馬努爾擁有的時間何其多，他將會無比鉅細靡遺地繪製這座大都市，手法之精細，任何人見到這幅插畫都會心想：「這幅畫的作者哪來那麼多時間畫那麼多線條？」而他會如此回答：「時間被扔得滿地都是，我撿到的。」

馬努爾也全心投入他的仿眞模型西洋棋。根據我所理解，他打造了一面一平方公尺大小的棋盤，但把棋盤上的方格替換成按比例縮放的寫實風景。棋盤上有小徑、城市、要塞、淺灘、森林區和港區。我不曉得地理或都市的地形變化，會對數世紀前制定的走棋方式產生什麼影響。不過，我倒是知道馬努爾是突然一頭熱投入這個活兒，而且滿意得不得了。

某天上午，天氣變得很歡樂。一如往常，馬努爾瞪著炯炯有神的雙眼起床，發現陽光入侵，擅自把室內晒得熱呼呼的。陽光就像是炭火，房屋就像是烤肉架，而他就像是被烤得吱吱作響（吱吱作響，不是滋滋作響）的大肉排。好天氣爲新的活動開啟了新的場域。

南瓜讓馬努爾越來越有得忙。他的一顆心猶如懸在半空中，不確定南瓜會長得好，還是長得很差。某日午後，馬努爾盯著南瓜瞧，看看它們的狀態如何，然後無意間在院子的一角發現一種長成一小束一小束的葉子，茂盛地長了一片，而且可以食用。他掐下一片葉子，聞了聞，然後小口且謹慎地咀嚼了起來，與其說他是用臼齒咀嚼，更像是用門牙啃咬。

那葉片是甜菜，每年都會萌芽。葉片尚未成熟，長得小小的，但是甜菜無誤。馬努爾拾起這份禮物，將它洗滌乾淨，晚餐就這樣燙著吃了。接下來登場的是野草莓。某人不曉得幾百年前撒下了種子，而野草莓是多年生的植物，逮到機會就重獲新生。

馬努爾就這樣隨意摘取野生的小果子，活像隻蝨子，四處蹦蹦跳跳的，巴著地殼表皮吸血。

之前，和老外聊天所獲取的酬勞增加時，馬努爾會請我幫他買幾個晒衣夾，殊不知他是想要製作幾把小手槍。他六歲時，我曾教過他如何組裝手槍，我感覺他練了一手神準的槍法，因爲他常跟我分享他的彪炳戰績，比方擊中在半空中飛行的蒼蠅，以及其他諸如此類的成績。他常常練習，想看看自己是否有本事用子彈射中電話的綠色按鍵，接聽我來電。

之後，馬努爾迷上弓箭。他已經不怎麼洗衣服了，便用兩條晒衣繩中的其中一條，搭配柔韌的梣樹樹枝，做了一把弓。應該是梣樹吧，天曉得，馬努爾還是不知道那樹叫什麼。改玩弓箭後，他就沒有輝煌的戰績可以說嘴了，他拿木棍充當箭矢，老是不小心射偏。

馬努爾的生活充滿各式活動，他時時刻刻都忙得不可開交。也許是正在修理他那輛已被拆得精光的破車，修著修著停了下來，納悶：「我是怎麼搞的？怎麼正在拆輪轂蓋？」然後回想自己每個階段都幹了什麼大事，怎麼現在在搞汽車輪胎。

四個小時前，馬努爾在扔扁豆，看看自五步之遙的距離，投不投得進一個空瓶內。他扔進一顆，然後跑去拿出來，再重新投擲一次。他注意到他先前清理瓶子時沒有確實刷洗乾淨，因爲拾取他的扁豆時，手指沾上了油油的東西。他打起精神，重新用肥皂清洗一遍，多虧了這個容器，他才玩得不亦樂乎。有許多鍋碗瓢盆他還沒清理過，這會兒都順手洗乾淨了。他把東西帶去湧泉台清洗，沖得溼答答的，放回廚房。

一直以來，馬努爾都很討厭把碗盤放在流理台上晾乾，因爲最後總是會搞得地板積水一片。他靈機一動，想到如果用掛鉤把柳橙的網袋掛在洗碗槽上，就變成瀝水器了。恰好有個掛鉤被扔在那個裝滿釘子的盆子內，讓他找到了。他用一根尖尾螺絲，在洗碗槽四片磁磚的接合處鑽了一個洞，把掛鉤固定在內壁上。然而，這個洞的孔徑鑽得太大了，掛鉤垂著，有點鬆垮垮的，需要塞點石膏把洞塡補塡補。馬努爾來到其中一間沒在使用的房間，用他的螺絲起子刮下牆上的砂漿，接著用兩枝湯匙，正反面交疊，將砂漿屑搗碎，並在粉末中加入幾滴水和白膠揉合，然後塡補掛鉤的洞，將掛鉤牢牢嵌入牆中。等待砂漿乾燥時，馬努爾又跑去翻五金雜物的盆子，看看還可以找到什麼，翻到手指散發出鐵臭味了，最終只在其他雜物堆中找到一捆鋼絲。

砂漿大概已經乾了。馬努爾測試了一下牢不牢固，然後掛上柳橙網袋，並在袋子內塞入幾個溼答答的盤子，既然要實驗，就做得澈底一點。鉤子和網袋撐得住，從盤子上滴下的水也確實滴入洗碗槽內。然而，馬努爾念念不忘他在五金雜物盆中看見的鋼絲，一個想法逐漸在他腦子裡成形。他打算做一台手推車，把湧泉台的水運回來。他在後院的廢物堆中找到一個金屬框、一根木棒以及其他垃圾。如果用鋼絲把這些東西湊在一起打個結，還組裝得起來。

馬努爾只差再找幾個輪子。汽車的輪轂蓋也許派得上用場。

任務完成。

四個小時前，他開始玩把扁豆扔進空瓶的遊戲。他感覺這四個小時的自己還眞不是蓋的，除了玩遊戲，還做了這台挑水小推車，而且還試用過了（順帶一提，推車爛透了）。他的日常生活就像這樣，日復一日，過著帝王般的生活，但像是一個想要過得開開心心的帝王。

正如我前述的午後，也就是說每天下午，都見得到馬努爾輕微幼稚化的跡象。我稱之爲他的「屁孩化」。他可以縱容自己這麼做，因爲他具備條件，尤其是因爲他的身邊沒有任何人（從來都沒有半個人）需要承受他此番變化。他覺得回到童年的感覺很棒。這就好比有人幼年缺乏父愛，有人幼年沒有愉悅的求學時光，有人幼年沒機會和男孩女孩一起玩遊戲，有人幼年從沒收過生日禮物，有人幼年從沒被鼓勵過，有人幼年不曾去過河邊或海灘度假、不曾參加過夏令營，而長大後，才會回憶起這些刻骨銘心的日子。童年過得正常、適當且有利的人，若長大成人後還做出幼稚行徑，意味著從前的幼稚鬼變成大惡人了。反之，若童年飽受欺侮的人，長大後還做出孩子氣的行爲，意味著他成爲一個正直的人了。

馬努爾的情況便是如此。在薩撒烏里耶，他隨意揮灑他的時間，活像個在一個月前的報紙上胡亂塗鴉的孩子，無傷大雅，並沒有對執筆的記者造成什麼傷害，倒是把自己逗得樂開懷。

任何人看見馬努爾，都會指責他患有類似彼得潘症候群的疾病。馬努爾沒有什麼症候群，他只是過著童話故事般的生活。這就好比硬要說一個匈牙利人具有匈牙利情結一樣。有些人懷疑他們之所以正在變老，是遭遇了一種不公平待遇，像是遭人密謀針對，他大概會當面指責馬努爾如此不正經；有些人拖著無比巨大的時鐘，總是朝著陽壽期限狂奔，這些人會對馬努爾指指點點的。變老變得不順遂的人，或者更有甚者，想要長大，但辦不到的人。

馬努爾已超越這一切。事實上，偶爾稍微扮老，他也覺得很有意思（用手把臉捏得皺巴巴的，用刮鬍刀片把髮際線往後刮，在頭髮上撒上麵粉，充當白髮）。他這麼做純粹是好奇心使然，想看看自己扮起老人是什麼模樣，純粹是好奇心作祟，想要搶先窺探自己衰老的模樣。老年，距離他仍無比遙遠。

他小時候就已經是個大人了。若長大只意味著逐漸改變年齡，那他現在又何必長大。順著方向改變，或反著方向改變，他已經沒那麼在意了，只要都讓他試試就好。

馬努爾不管去哪兒都穿著我給他的那件大衣。我猜對他而言，那件大衣的重要性，就像是太空衣之於太空人，用渾身體毛緊緊將其抓住，因為少了這層防護罩，根本沒有存活的可能性。馬努爾深愛這件大衣，就好比亞歷山大・弗萊明爵士[8]深愛他發現青黴素時身上穿著的那件白袍，就好比努涅茲・德・巴爾柏[9]首次見到太平洋、走入海水之中時，深愛他所穿的鞋具那般。馬努爾珍愛他所擁有的衣物，那用情之深，就像是一個人被迫孤注一擲、上緊發條苦幹實幹那般，就像是一個人做了某些事，本來大可以不做，還比較輕鬆，但還做了那般，深愛著他身上所穿的衣物。

馬努爾定期接受這項「恬靜／幸福」的測試。測試共有五個階段，方式爲詢問自己：（一）現在這個當下想去什麼地方，以及（二）去那個地方做些什麼，然後問問自己（三）什麼事物阻礙你去那個地方做那件事，（四）看看如何排除這些障礙，然後（五）全心投入你所冀望的這件事。

馬努爾正處於這五個階段中的第二個，然後這遊戲就沒有進展了，因爲除了薩撒烏里耶，他沒有其他有意駐足的地點，除了此時此刻手上忙著的事，他也沒有其他想從事的事務。現在他成天就稍微吃點東西，愛怎麼睡覺就怎麼睡覺，翻翻南半球出版社的書，抄襲書中的內容寫入他的垃圾劇本中，縫補某個口袋的破洞，永無止境地瘋狂散步

8. Sir Alexander Fleming（一八八一～一九五五），蘇格蘭生物學家、醫學家、植物學家，一九二八年發現青黴素，此發現開創了抗生素領域，使他聞名於世。

9. Vasco Núñez de Balboa（一四七五～一五一九），文藝復興時期歐洲探險家，曾率隊到巴拿馬地峽進行探險，為第一個見到太平洋的歐洲人。

（我懇求他外出千萬得帶著手機，上次那天眞是嚇死我了），在他那間極簡到令人肅然起敬的屋子中鋸斷一百根木頭，每次在田野找個不同的角落完成他的生理需求，一心多用，同時間想著所有的事，或者分章節想著所有的事。他忙得不亦樂乎，這些事做完後，又重新跑一輪。

若對馬努爾進行突襲檢查，會發現他也不總是在從事一些值得讚揚的行爲，比方煲湯或是修理插銷。事實上，他常常看上去都是一副無精打采且傻呼呼的模樣，讓他看起來像是有智力障礙似的，或者更直接地說，害他看起來活像個智障。有時候他聚精會神地在紙張上畫「8」字，或者全神貫注地用泥巴做蛋糕，並加上落葉裝飾。這些瑣碎的雜事就是最棒的工作，因爲這些事讓他全心沉浸在他最喜愛的活動之中：沉思。沉思就是馬努爾最主要的工作。他以一個「非－正常人」、一個「前－正常人」或者一個「預－正常人」的姿態，大快朵頤屬於他的寧靜。一直以來，享受寧靜都是他最愛的消遣活動，但來到薩撒烏里耶之前，他都沒辦法好好進行。馬努爾原本可能會變成一個大毒蟲的。

在薩撒烏里耶待了將近一年後，一切都越來越上軌道，馬努爾也越來越安心。當初來到這個巢穴時，他可是非常害怕會被人撞見，害怕那人會跟他人提起，從而洩露他的蹤跡，害怕人們會開始（刻意或是不經意地）謠傳有個「阿達阿達的」被人看見拖著木材在大地上行走。

但上述這一切並沒有發生。種種跡象都顯示永遠不會有人出現在薩撒烏里耶，不會有人跑去跟警方告密。依照遇見其他人類的機率來看（這機率是零分之零），這個區域越來越像是個理想的「非－捕鼠器」，越來越像是個絕佳的「非－圈套」。薩撒烏里耶是一個洞，馬努爾雖然躲藏其中，但他恣意漫遊，這兒沒有圍牆，唯一圍住他的是無垠的蒼穹。他對這種生活很滿意。至今，他仍不曉得，也許自己殺死了一名歐洲公民。

馬努爾順著感覺走，日子過得未免也太放鬆了。不然還可以要求他做什麼呢？

13

然而，馬努爾的生活缺乏人際關係，且沒有情感交流的對象，我依舊在思考他是如何承受這一切的。這想必十分難熬。

我提醒馬努爾養小狗的事，之前跟他提到說想辦法弄個寵物給他，讓他投射感情。我單純就是爲了提而提起這件事，沒有其他理由。「因爲搞不好你會很寂寞呀。」我對他說。他回答我說對，說他感覺非常寂寞，但這也是好事一樁。他不喜歡養小狗這個點子，因爲家中出現任何哺乳類生物，都會令他心煩。「我看是我陪伴牠還差不多。」他說。他大概發生什麼事了。

他發生的事就是他的心情平靜與否，完全與人無關。反倒是沒有人，他才感覺到寧靜。

人在生活上有許多不可或缺的資源，就算得以斷捨離，與馬努爾的獨立相比，也顯得相形見絀。他所達成的獨立是情感獨立，那才眞的稱得上是厲害。他淸楚地向我解釋，他之所以像是握有一筆龐大的資產，原因在於他與人閒話家常的需求低之又低。情感獨立至關重要，能讓一切都獲得自由及豁免。

事件從平安夜開始展露端倪。馬努爾並沒有搞不清楚這天是什麼日子。我先前千方百計想讓他忘記節日，不希望他因爲自己獨自一人過節而難過不已。才怪！這天是什麼日子，馬努爾可是記得一清二楚。他花了許多時間思索，有些不得不獨自過節的人們，他們都是打哪兒來的力氣感到沮喪的。馬努爾簡單慶祝了一下平安夜（多給自己添了一根柴火，稍微熬了個夜）。之後，他開心地修改了過節的意義。他堅信唯一值得過節慶祝的事，就是沒有任何人事物值得被過節慶祝，因爲世間萬物皆是如此完美，沒有任何事物比其他事物來得更加突出、更加完美（還眞是很難字斟句酌）。平安夜，馬努爾扮演起小耶穌，自己替自己慶祝節日，接著開心地上床睡覺，彷彿這天其實是二月九日或四月十七日。這兩個日期完全是他個人的紀念日，沒有人曉得是在慶祝什麼。

這個冬天，馬努爾發現一種奇怪的感覺。他發現夜幕低垂後，自己居然沒有與任何人閒聊的需求（還好這個「任何人」不包括我）。時間一週一週地過，他不渴望和朋友聚會，也不渴望找女人尋歡。事實上，馬努爾發覺他這輩子只和自己約會過，頓時感到慶幸且欣慰。他最喜歡做的事，就是確定八點鐘、十點鐘或是赴約的時間到了，然後自顧自地愛做什麼、就做什麼。

馬努爾告訴我他常常做「孤寂試驗」。進入與世隔絕的狀態後，檢視並檢驗自己的情緒波動，看看情緒的反應爲何，看看孤寂如何對他造成傷害。他告訴我，幾個星期過去了，他完全沒有與人見面，也並沒有因此而遭遇危機、沮喪、焦慮、無聊，也完全沒有感到不安。他說這些測驗他全都通過了，成績優異，他媽的這輩子念書念了這麼久，也沒拿過那麼多優等。

在薩撒烏里耶，馬努爾意識到他不善交友這一點，是他對獨處的渴望所投射出的具體表現。他根本不懷疑這個過程有潛伏期。他不擅長交友，說明其實他私底下只想要管自己的事，不想與任何人見面。他在交友上碰上重重困難，讓他意識到自己其實不需要友情。

他在建立情誼上顯得笨手笨腳的，其實是因爲有一種隱藏的裝置，讓他處於這種狀態。那是一種超自動傳動裝置，類似洗衣機的動力系統。他不擅長與人往來，對象不分男女，儘管在馬德里時他並不曉得，但他的笨拙就像是觸動警報器，呼叫來人把他帶往禁閉室。他這個傢伙，一生都在尋求勝利（死黨、女友），但他明明不想勝利。正因爲如此，他總是失敗。失敗也是爲自己好，這正是他想要的。他想要在人際關係上失敗，如此一來人們便會漸漸遠離他。

薩撒烏里耶宛如一個地洞，打從最一開始就保證馬努爾能夠安全地藏匿行蹤。獨來獨往的生活發揮作用了，他面對恢恢法網，變得像是隱形一般。然而，現在，他發覺自己的終極心願，就是在全知全能的上帝的注視下，也能夠隱形。他發現不遇到任何人，不僅讓他避開他找不到的司法感應器，尤其是避免讓他與任何人類的雙瞳交會眼神，讓他一探自我噤聲的奧祕，讓他的身邊除了三維的無音，沒有其他東西。不遇到任何人最主要的作用，就是不遇到任何人。各種形式禮節的最最最大化減少。然而，馬努爾常常想著如何省去繁文縟節，他內心深處其實非常在意這一點。

在薩撒烏里耶，馬努爾的肚子吃得飽飽的，全身上下暖呼呼的，腦子裡滿滿都是各種點子。他感覺自己很安全。如今，他所面對的已經不只是警察單位，而是全世界，打從他展開那叫人肅然起敬的與世隔絕生活，便擺脫了全世界，不是勤勉休大假，就是勤奮耍怠惰，感覺自己下了一步無法解圍的死棋，快樂響叮噹，但又沒有人聽得見。他的社交性就是「曾經」社交性。

孤寂被認定是一種大災禍，令當代人苦不堪言。馬努爾倒是覺得沒什麼。他小口小口地啃咬著他所擁有的孤寂，還欲求不滿，想要把孤寂保存起來、積蓄起來，想要隨時隨地都能夠揮霍孤寂，就像是有人想要更多巧克力棒、更多香菸或者更多假期一樣；就像有人渴望更多朋友和更多愛情一樣，馬努爾貪圖的是多一點的「沒有人」和少一點的「某人」。

馬努爾常跟我說有一個樹種，並不是薩撒烏里耶最常見的樹木，但生長得還算是茂盛，葉片的形狀像是分出一片一片的小舌頭（可能是橡樹吧）。去年冬天，有些樹葉乾枯，呈現紅褐色，並沒有掉落到地面，懸掛在樹枝上，隨風搖曳，發出的聲響聽起來簡直就像是人類的腳步聲，嚇死馬努爾了，害他以為那附近有人出沒。他害怕的不是鄉村巡警，不是害怕警方會突然撲到他身上，並且大喊「逮到蒙特拉街門廳的那個傢伙了！」而是因為，說白了，不管來者是男或女，對馬努爾來說肯定都是個煩人精，會帶著該死的野餐盒和漫畫書，跑來這兒玷汙他的時間。說不上來什麼原因，馬努爾害怕某個穿了鞋的二足行走生物會冒出來，跑來跟他大吐苦水，講得口沫橫飛，煩死他。

每次聽見那些所謂的腳步聲時，馬努爾總是馬上回過身子查看，但從來都沒有半個人，只有微微搖曳的樹葉，只有樹木策劃整起陰謀，只有樹木為這場惡作劇哈哈大笑。馬努爾依舊是孤零零的一個人，安然無恙。

馬努爾的生活放蕩不羈。他大可以酗酒、吸食海洛因，或是沉迷於兒童色情片之中，完全沒有被社會譴責的物理可能性。他之所以沒有染上這些惡習，是因為他不想看見酒保的臉、不想跟藥頭碰面，更不想看見小孩子。

他過著不需要和人類有所連結的生活，不需要其他和人類建立關係的載體，在記憶中回憶他人，便足夠了。就這樣，回憶一陣一陣湧上心頭，他回想起他的爸媽，想起一些彼此之間的羈絆蒼白無力的人，想起從前短期打工所遇過的各種傢伙，想起各種華而不實的廣告中出現的好好先生，想起許多有權有勢的人越來越常做一些愛好獨裁主義的行爲；他也回想起大衆，回想起一般人。從前，馬努爾巴不得他們會打電話來約他出去喝一杯。

正常來說，馬努爾會譴責從前他所遇過的自負鬼，就像是一個醉漢，明明曉得動物園的門閂關得好好的，卻還跑去拿火燒獅子的懶蛋，隔山打牛，煩死他們。然而，他甚至連這麼做的動力都沒有，他只是沉浸在他那有益健康的不感興趣中，就像是醉漢恢復了理智，想要轉移陣地到雁鴨和天鵝的池塘去，不想繼續挑釁這群有著獠牙利爪的凶猛大貓，不想繼續辱罵牠們，或者繼續對牠們吐痰。馬努爾什麼都不在意。

他想要過著不與任何人往來的生活。別人要他考慮什麼蠢事，他都全盤拒絕。別人說了什麼長篇大論要他想想，他都聽不進去。別人嘰哩呱啦地說了一堆，要他聆聽、比較、採用、購買，極盡叨擾他的耳朵之能事，他都一概充耳不聞。我被搞糊塗了，但他的看法就是如此。

重點在於過著離群索居的生活，正如同字面上的意思，沒有其他但書，沒有其他準則。若說馬努爾身上背負著什麼債務，那都是人際關係的債。沒有人，他就無債一身輕。他只積欠了自己的債，而且這位債務人不逃也不躲。

總之，如果我稍微仔細思考一下，我這輩子唯一沒有害我顏面掃地的事，都是我獨自一人做的，就如同馬努爾現在這樣。我都這把年紀了，還在這件事上空想，而我的外甥卻已經把這些觀念安裝在實踐的化油器上了。

馬努爾就像這樣，在這個只有一名成員的法朗斯泰爾[10]內開心歡迎他人的「無存在」。他就像是一名隱士，有意識且熱切地投入隱居生活，隱居是必然，隱居是結局。對於這個類型、這個住在地洞內的隱居型態，他一直隱約感到一種沒來由的仰慕，這會兒都得到解釋了。對他而言，搞隱居的人，就像是假裝信奉一種信仰，而這信仰對他們的重要性，就跟你剔完牙後看到牙籤上頭的東西時的感覺差不多。馬努爾覺得隱居者之所以過上離群索居的生活，不是因爲某種教條，而是因爲他們捨棄所有人，掙得這個無人打擾的空間的通行權。

他貪婪地積累幽居生活的天數，算了算已度過的日子，他總覺得才沒幾天，之後將度過的日子也一樣，他也覺得沒幾天。未來的隱居天數，就是他的餘生。

馬努爾認爲他已經幾乎不曉得所謂「環保」是何物。他不是一個一心崇尚天然主義的人，不是專程跑去鄉村實行自給自足的生活，也沒有拿鑿子、繩結和轉盤搞什麼手工藝。有些人下鄉生活，目的是要回歸大都市喚起人們的良知，遊說人們投入原始的生活。馬努爾不是這種人，恰好相反，他的想法是不要回去，且不要喚起任何人對任何事的知覺。他的計畫就只是待著，但獨自一人待著。他飲用的水和呼吸的空氣是有機純淨還是遭人爲控制假造，或者水嘗起來的滋味像是甘露還是止痛擦劑，空氣聞起來有著花香還是像丁烷，相對來說還比較重要，但也沒重要到哪裡去。

對馬努爾來說都一樣，就算待在一九八六年核災後的鬼城車諾比，他也一樣可以過得很好。要知道，那個鬼地方可是跟環保八竿子打不著關係。然而，重點是車諾比是一個無人深淵，一個沒有人群活動的空洞，滿滿都是無人的缺失感，充斥著大量的「沒有人」，是一個適合待著的地方，一個理想的居所。

馬努爾所意外降臨的薩撒烏里耶也一樣，而且他還挺走運的，像是意外收到一份禮物，這兒的空氣和水的味道棒得不得了，一方面是因爲當地環境賦予此番美味，另一方面是因爲這兒的空氣和水嘗起來都有「不與任何人見面」的味道。不過，比起烏克蘭車諾比那片被核災摧毀之地的水和空氣，還是略爲遜色了一些，因爲那兒才叫做眞的荒無人煙。再者，薩撒烏里耶沒有各種添加物、毒素和汙染等穢物，所以空氣和水才能如此

10. 法朗斯泰爾（Phalanstère）是一種專為自給自足的烏托邦社區而設計的場所，理想情況下由五百至兩千人組成，個人利益和集體利益是一致的，共同實現互惠互利。由法國哲學家傅立葉（Charles Fourier）在十九世紀初設計。

純淨。

馬努爾毫不想念以前的生活，對他而言，從前人生屈指可數的成就，就有如基督教信仰的貞潔一般，必須付出極大的代價才可以得到，還是省下這個工夫吧，因爲所有的好處都是有害的。

說到這一點，說到貞潔，我依舊納悶馬努爾怎麼能夠禁慾。跟那些路人甲乙丙丁說再見，的確稱不上是什麼問題，叫他們閉嘴就完事了，但性生活絕跡可就是另外一回事了，非同小可。無性生活之下，馬努爾的生理需求折磨著他，令他難受得不得了。我不敢提起這件事，這話題由我來說未免也太犀利了。禁慾對他而言肯定就像是穿上一件鋼毛襯衣，懲罰自己在情慾上有所波動，我要是問起了，就等於把整件事攤在陽光下，害他沒有台階下。

馬努爾自己會再跟我聊聊這檔事。但那是更之後的事了，等我終於開口問他以後。

14

肉慾上的乾涸這檔事馬努爾會再看著辦。然而，除此之外的一切，對他來說都是無關緊要。「無關緊要」這四個字通常會用來形容一個靈魂已經支撐不下去的人，或者一個情緒被糟蹋到了極點、長期萎靡不振的人。

然而，就馬努爾的情況而言，雖然可以用同一句成語來形容他，事實卻是恰恰相反。什麼事他都無關緊要，但這是就字面上的意義來說，已經沒有什麼偶發事件會令他心思紊亂了，已經沒有什麼人會令他心煩意亂了，因爲他誰都不需要。他所需要的錢已經攢起來了，要得到想要的東西，他只需要靜靜等候，把屁股攤在椅子上，安安穩穩地坐著，就搞定了。他最多可能就是需要我而已。也許，我對馬努爾來說「有關緊要」，但願如此。

他的資產不因添加而增加，而是因扣除而增加。他的財富可謂是獨一無二，因爲他不需要錢、不需要人、不需要情感、不需要認可、不需要鼓勵，也不需要愛情。

有天他突然告訴我：「我過得很好，大概是曾經做了什麼，才有此等福氣，但我完全不曉得是什麼來著。」另外一天他告訴我：「惡有惡報，我受的懲罰就是這一切，大概是因爲我沒做什麼壞事。」馬努爾嫉妒他自己，嫉妒自己能夠如此囤積時間，就像是在一個床墊裡塡滿羽毛。他的心情「鼓」舞了起來，就像是我們的地球一樣，圓「鼓」（確實如此）。

然而，說起嫉妒，我看是我嫉妒馬努爾還差不多。事情有了更進一步的發展。我注意到模仿馬努爾的慾望占據了我的腦海，但一切都以失敗告終。我想要活得像我這位二十五歲的外甥，非但沒有成功，而且還相差甚遠。照理來說，應該是我教他才對，怎麼變成我在學他，這會兒全被打亂了。

夜間，馬努爾常到外頭大啖純淨空氣，把空氣當作是睡前的牛奶和餅乾。泥土對他來說大概也是臭得發香。他吸了好幾口氣，像是把口鼻塞入啤酒杯裡，猛吸兩大口，將杯中物一飲而盡。他貪婪地飲用微風，安撫他多年來的渴望，吸得他扁桃腺微微發疼，但愉快。突然被如此純淨的空氣浸沒，令他感到有些狂喜。他呼吸了一大口空氣，分量像是鼓風機的風管抽氣量那麼大，將空氣引導入體內，簡直就像是在侵犯自己。「這裡的空氣成分有氮氣、氧氣，以及歌謠。」有一天他作夢夢到。

通電話時，馬努爾常常試著傳遞他愉悅的情緒給我。他的話匣子一開便停不下來，有時吟詩作對，但又說不出個所以然，什麼月亮啊、和平啊、天空啊、天殺的，盡是一堆狗屁隱喻，就連他自己也說是一坨屎。每次他想要向我傳遞他的情感，總越說越焦慮，因爲他注意到他無法讓我有切身的感受，所以就只好繼續劈里啪啦地說下去。他對我吟唱的詩句，我是半句都聽不懂，但我仍舊聽著他嗑嗑巴巴地念出這些辭藻，因爲誦詩時的他簡直跟上帝沒兩樣。換句話說，最後他還是成功將情感傳遞給我了。

馬努爾不囤積商品、祝賀、鈔票、吻或死黨。他囤積寂靜，鑽研寂靜，就算是小鳥稍微啾個一聲、一小塊炭火餘燼熄滅，或是一隻蒼蠅搓腳所隱約發出的聲響，都會打破寂靜，都會把他嚇一大跳。

大量的無音發出白色的聲波，令馬努爾感到惶惑。波長？零奈米。他原本好端端過著安靜的日子，這會兒被完全「消音」的厚實密度，以及被他自己的噤聲海嘯所發出的轟天巨響搞得心慌意亂。

在這件事上，馬努爾可以說是精心地胡言亂語，因爲有時候他的話很嚇人。有一天下午他跟我聊到庫爾斯克號。庫爾斯克號是一艘俄羅斯潛艇，於二〇〇〇年沉沒，一組船員被困在艇艙內好幾天。那是一樁慘絕人寰的慘劇，最終所有船員不幸罹難，無一倖免。俄國執政當局罪無可赦，讓全世界見證了他們有多麼厚顏無恥。

然而，馬努爾掛念著這起海難的最後一位倖存者。那名海兵肯定有那麼一刻享有貨眞價實、耐人尋味且完美的寧靜。他身處深海之中，身旁無其他活人，陷入絕對的孤寂中，瘖啞的汪洋壓在他身上，得以品嘗片刻無與倫比的強烈寂靜。馬努爾甚至感覺有些嫉妒。

馬努爾把他的床鋪命名為「庫爾斯克號」。睡意來襲時，他確定床鋪上完完全全一點聲音都聽不見，令他開心不已。那是一股天文尺度的寂靜，所有的振動都被消除了，人被塞入一座三立方公尺大的鋁製方塊之中，大概就是這種感覺。一道確確實實清晰的寂靜，彷彿馬努爾的耳朵被人摘下，然後被放到木星的某個火山口底部。這種無音的狀態令他感到興奮，但有時候他又想到自己會不會其實已經聾了，一股恐懼油然而生。他彈彈手指，或念出「費爾明」，測試耳朵還管不管用。他聽得見，鐵砧和鐵鎚仍在他耳朵的煉鐵廠內聽從吩咐。馬努爾被寧靜迷得神魂顛倒，著迷地尋找一絲聲響，但遍尋不著。根本一點聲音都沒有。最後他的眼皮重得垂下，被單折疊的部分遮著嘴巴，旋轉墜入夢鄉，在離心力的作用下確定沒有任何一個分貝還飄浮在半空中，一頭栽入他隔絕聲音的熱巧克力游泳池中。

馬努爾靠著穿衣睡眠自營隱私。這麼做令他興奮不已，穿著衣服起床也是。他衣服一穿就是一兩個星期，再次睡覺也不會脫下，像是裱貼膠膜密封，不讓任何東西逃到他的身體之外。

每天醒來時，馬努爾都熱愛圍繞著他的一切。那不是「戀愛」，而是「有愛」。戀愛是另外一種感覺，截然不同，司空見慣。他已經嘗過戀愛的滋味，且克服了，超越許久了。因此，戀愛這種情感，不大有什麼機會讓馬努爾的心悸動。

馬努爾過著屏棄一切的日子，沉浸在他對自我執行的社交安樂死之中。他確信自己完全沒有任何東西遺落在任何地方，沒有任何東西遺落在他的膠囊之外。他好像變魔術一般，咻一下地出現在他的膠囊內。

他住在一個自由的極權主義國家，生活在一個全面自由意志的獨裁政體之下，一切充斥著敕令和法令，指示他想做什麼就做什麼，若不乖乖遵守，就等著吃罰單或入監服刑吧。這些罰款無須繳入任何帳戶，他也不必因爲這些刑罰被關入大牢，然而，這些法令從來沒有非推行不可，因爲馬努爾從來都沒有違反他的逆獨裁政體的法律。

發生了兩起事件。我們可以理解爲馬努爾過度愛戀快樂的薩撒烏里耶，到了瘋狂的地步，令人擔憂。第一起事件是個瘋狂行徑，「嘗百草」。有次，馬努爾外出，來到賦予他友情的田野，然後帶著三種其貌不揚的灌木回家，是他隨手摘的，光是看著肯定就刮得眼睛難受。他將這些灌木分次烹煮，輪流食用。其中一個吃起來硬邦邦的，裡頭酸不溜丟。另外一根差點沒要了他的小命。

第三根灌木沒有害他有不舒服的感覺，消化沒什麼問題，滋味也不會太糟糕。馬努爾從來都不知道這灌木的名字是什麼。又何必知道？也許他吞下肚的玩意兒從前是猛瑪象的飼料，或者一種會害他全身血液流光的雜草，或一種爲乳牛所唾棄的花，或者一種蔬菜，在日本的居酒屋內端出來可是會令人人瘋狂，爲它掏出大把銀子。

第二起事件才叫做扯。一日上午，馬努爾在一個偏僻的地方散步，走在一條被人走出來的小徑上。他看見一片小草地上有個白色物體，覺得那顏色很奇怪，便靠了過去。結果，那是一隻死掉的鸛鳥。可能是身體的某個部位斷了，可能是老死了，可能是因爲找不到鐘樓而自殺了。反正，我對鳥類是一竅不通。

馬努爾不老老實實吃該吃的東西，而是胡亂食用田野有機體，簡直算是瘋了。他抓住鸛鳥的腳，或應該說是抓住牠的腿。天曉得這些生物是用腳站立還是用腿站立。他把鸛鳥帶回家，並告訴我他接下來做了些什麼，聽得我噁心得腸胃翻騰，害怕最糟糕的事會發生。然後，最糟糕的事就發生了。他拔除鸛鳥的羽毛，覺得四肢比較不能食用，便用菜刀剁一剁，扔了，然後把剩餘的部位大卸八塊，把肉塊拿去烹煮，熬出一鍋肉湯和幾根可以吸吮的骨頭。我光是想像就覺得很噁心。看來，馬努爾沒有中毒。他跟我說這道菜味道清淡，喝得他是精力充沛。操他媽的噁心死了。

他之所以吃了那些雜草和那隻飛禽，是爲了把他正在發生的一切吞忍下肚。他之所以把這些東西塞入嘴巴，是因爲這些東西從他的小地盤——地理上的或心中的地盤——

冒出來，令他聯想到他的空間。他之所以把這些東西吞下肚，是因爲啃咬他雙足所站立的底土令他感到愉悅，就像是吃下薩撒烏里耶的土地。誰會吃泥土？適應不良的小孩、自閉症患者、有怪癖的成年人、頭殼有洞的人、頭殼底下空空的人。馬努爾把這些邪門歪道的植物和肉吞下肚時，也與這些人結親。他思考著他的三段論法，自己把自己逗得笑得半死。

他一面幹著此番荒謬行徑，一面驚訝居然有人不吃這些東西（這些噁爛的髒東西，眞是太扯了）。他覺得好好笑，怎麼會有人願意錯過這些珍饈。

諸如此類的事件層出不窮，讓人不禁思考馬努爾是不是距離發瘋只有一線之隔。然而，不得不替他說兩句話，因爲他看起來雖然很開心，但他只是在下棋罷了，白子和黑子都由他下。他正在飛翔，沒有鋪設安全網。飛機底下也沒有安全網，搭飛機的乘客還不是飛得很開心。

他，若無其事。他，如此神采奕奕。我趁著某次馬努爾情緒激昂時——他幾乎一直都處於激昂的狀態——終於鼓起勇氣問他沒有性、沒有門路接觸他人軀體和腺體，渴望「黑森林」無果，令他陷入絕望，這種生活過起來如何。因爲一切他都把持得很好，但說到這檔事，他肯定要失敗得一塌糊塗了。

馬努爾直接了當給出答案。他非常明白這整件事，跟我說在他抵達薩撒烏里耶前許久，就察覺自己已擺脫這難以抗拒的衝動了，說他曉得自己讓他人——尤其是女人——親近他的手段還有許多進步的空間。他把這句話改成一句口號，改成還有許多「禁步」的空間。他練習削弱慾望、抹殺慾望，因爲他漸漸覺得自己不想跟任何人見面，不想和任何人爆燃他的慾望。這種日子他過得很舒適，他正在征服墮落慾念的國度，跟我說這就好比食慾方面存在著厭食症，在肉慾方面同樣也有，而這正是他所追求的。他透過這個修煉，已經習得對他有利的技巧，漸漸墜入無欲的境界，且透過這些修煉，他也正在研究如何化解人類其餘的棘手需求。

他說一個人若要知足，沒有比「無欲無求」這個字眼更好的擔保人了。對飢渴感的缺乏在他心中越來越根深蒂固，他不得不搬出這個詞彙，來爲此命名。他選擇了這種生活方式，選擇了需求的短路，其中也包括了性需求。他告訴我，就好比其他人都在訓練他們的生殖能力，隨他們去吧，而他在提升他的無生殖能力。有時候陽光不留情面地從窗戶照進來時，他會打個手槍，但這並不影響他的無性生活，好吧，因爲不管本能被截斷到什麼地步，他還是得解解饞。陽光令他感到舒適，讓他成爲一個脫離動物情慾模式的存在。因此，陽光也不會開口問他這檔事，在他辦事前和辦事後，也都不會刻意笑咪咪地跟他搭話打擾他。就這一點而言，陽光對他還眞不容置疑地好。

就這樣，每回陽光映入屋內，馬努爾總是「性」致盎然。他同意進行下一步，就放手去做吧，他說，像是個寵壞孩子的爸爸，看起來心情好極了。因爲在太陽的照映下，他不覺得自己是索愛的主體，就跟全世界的手淫成性者一樣，他反倒覺得自己是被索求、被追求且被需要的對象。有時候馬努爾會對豔陽說「來吧、好啦、好的，快快來一發就走了」。說眞的，他開始做一些怪事，開始說出一些心智正常的人不太會說出的言論。他正跳入一座泳池，越來越踩不到池底。不過，看著吧，那又如何，他可是精通游泳四式。

我的外甥的生活便是如此，處於一種暫停狀態。他刻意陷入如痴如醉的出神狀態，入神地看著陳列他的擔憂的櫥窗依舊空空如也，連隻鞋子也沒有，沒有假人模特兒，沒有價格標示牌，牆面赤裸裸的，展出者無所事事，就連午後的光線也顯得無精打采的，舔舐著他的襯布。

15

那天是星期五。我們也可以說是星期一，或者星期日。馬努爾自行編排天干地支日月星辰，自成一套曆法，陰陽怪氣獨樹一格，我行我素地替日期和月分命名。日子多得是，有如茫茫大海，怎麼稱呼都可以，完全沒差。

傍晚六點，馬努爾在廚房內，替一顆馬鈴薯灑上胡椒粉，同時想著有個詞彙可以形容某個東西鹽加得不夠多（像是「清淡」），卻沒有一個字可以形容某個東西缺少糖。他還眞能扯，什麼都可以給他說得煞有介事。

緊接著，悲劇發生了，宛如沒妥善固定好的布景，重重落在他身上。

一陣被遺忘的噪音將馬努爾從語義學的思考中拉回現實。那不是每月來宅配的利多超市小貨車會發出的隆隆聲響，此外，星期五並不是配送日。那是一輛私人汽車，朝著他家駛來，未免也太稀奇、太奇怪了。那天，事情大條了。

過去整整一年的時間，馬努爾認定自己已找到理想的藏身之處。這會兒，他又開始害怕自己會被人找到，又開始害怕自己會被警方逮到，並遭起訴。恐懼有如岩漿噴發，朝他襲來。他不知所措地盯著一片磁磚。不管來者何人，他在心中盤算就他們的視角來看，有什麼跡象會害他暴露行蹤，比方點亮的電燈、某個東西的氣味、晾著的襪子。完全沒有，但他不想再繼續想下去，省得害怕到五臟六腑破裂。幸虧那個當下他並沒有在使用爐灶，沒有黑煙或氣味會洩露他的蹤跡。

震驚的感覺循著神經分布，傳遍馬努爾全身。他從未如此驚愕過，好不容易回過神來，邁開無聲的大步上到二樓。他的直覺給了他錯誤的訊息，害他以爲垂直移動會比較難被人逮到。爬上樓梯的同時，他聽見一道聲音，感覺那輛汽車自他的門前呼嘯而過。汽車在七公尺外的位置停下，換句話說，停在那間藍色房屋、與他家相連的那間屋子門前，就停在他家旁邊。當時，馬努爾一邊眼皮已經從一扇不經意沒關好的百葉窗探出，斜眼偷瞄。

兩個人自車上下來。其中一位的穿著光鮮亮麗，身穿工作西裝，手臂下夾著一個標有不動產公司名稱的小資料夾。另外一人是一位年約六十的婦人。兩人走向藍色房屋。西裝男掏出一串鑰匙，打開大門，兩人進到屋內，臉上堆滿了商務式的微笑。馬努爾把耳朵貼在窗子上，聽聽這兩人在說些什麼，由於他們沒把大門關上，馬努爾或多或少聽得見什麼。不動產西裝男帶婦人參觀屋子，一介紹就介紹了半個小時，用房仲業務帶人看房時的典型大嗓門高聲歌頌這間屋子的優點。之後，兩人回到同一輛汽車上，笑容更加開懷，開了更多惡趣味的玩笑。

這件事意味著藍色房屋被掛在不動產市場上，且這名前來賞屋的婦人有可能會買下它。房屋正面並沒有張貼出售告示，因爲人人都曉得打從許多年前就沒有任何人會經過薩撒烏里耶了。然而，藍色房屋準備好隨時有人入住，恰好現在買主也現身了。

一個人若收到最壞的壞消息，切勿深入他內心的叢林，因爲這麼做不是一個好主意。一個人面對災難的反應可能會非常怪異，甚至可能會到了令他人不舒服的地步。比方馬努爾，他一屁股坐在台階上，脫下鞋子，剪起腳指甲來。他不發一語，看著腳趾和指甲刀的邂逅，剪下時發出令人愉悅的「啪」聲，劃過靜默。

驚呆完了以後，馬努爾感到的是驚奇，驚奇得像是有人告知他一名愛搗亂的立法委員修改了萬有引力定律，現在所有的東西不是往下掉落，而是自己飛上天。馬努爾很「嘟難」，感到「肥嘟嘟的難過」。「這總有一天會發生，總有一天會發生。」我打電話給他時，他不斷如此念個不停。我倆謹愼到不行，他害怕到頭來還是全搞砸了，害我跟著難過了起來，難過極了。

我接下來的行爲難以言喻。未來可能還會有新的買主來參觀，馬努爾地下生活的規章遭遇危機了。我倆得特別提高警覺，現在得比從前都還警惕。爲了讓馬努爾明白這一點，我挑了這個最不是時候的時候告訴他，就我三月分在數位報紙上讀到的內容來看，門廳事件的鎮暴警察可能被他殺死了。

之後，我才意識到我犯下了天大的錯，差點沒崩潰。蒼天有眼，我不過是試圖喚起馬努爾的警覺心，此番用心良苦，還不是要他更加小心面對眼下嶄新的局勢。然而，有時候我眞是個不折不扣的大笨蛋，笨起來還眞不是開玩笑的。我的嘴巴太大了，我自己也很難受。我變成一個私殼族了，好痛苦呀。

馬努爾就從未犯過這種錯。他從來沒有這樣對待我過。就這點而言，他也勝過我了。聽完我這番話後，馬努爾沒有表示什麼，反倒表現出一副若無其事的模樣，解釋說知道員警喪命一事，並獲得更多情報，幾乎是利大於弊。然而，我挑這個時候告訴他這件事，離所謂的利大於弊可說是差個十萬八千里。哪門子的利？

幾天過去了，那兩位不速之客完全沒有現身的跡象。馬努爾這幾天本來就過得很焦慮了，數位報紙的消息簡直就像是火上澆油。不怕一萬，只怕萬一，他把屋子布置成模擬無人居住的狀態，以防有人回來。他將門窗關得緊緊的，待在離家不遠的地方。他是個樂天派，有時候心裡會萌生一個念頭，覺得說不定那位婦人打算參考其他購屋選項，就此不再現身了。

才怪啦。兩個星期後，某個星期五，三輛成車來到薩撒烏里耶，停在藍色房屋前，排出十來隻生殖器被遮住的雜食動物。這次突然來訪的不是一名婦人，而是一大群人，成員年齡參差不一，遺傳特徵倒挺相似的，彷彿個個都是同一個家族的分支。這些日子以來，馬努爾成功避免和任何人不期而遇，成功防止他躲避司法的淨土陷入危機，但這會兒，一支滿是眼睛和耳朵的軍隊突然來襲。他得躲藏起來，否則被他們發現，就眞的死定了。

馬努爾沿著磚石階梯，上到二樓，再使用折梯爬上閣樓。地磚和木頭發出聲響，但隨即又被新的嘎吱聲蓋過去。他已經聽見隔壁正在窸窸窣窣地開箱他們的新屋。

他躲在閣樓內，一路忍耐到星期日傍晚，這群人才終於離開。他沒料到他們這次停留了那麼長的時間。他的肚子餓壞了，因爲他不敢下樓找食物吃。感覺他們的汽車駛離後，他燙了些鷹嘴豆，狼吞虎嚥地吃下肚。

馬努爾並沒有鬆懈警戒。他想要說服自己那個週末發生的事，只是這群人偶爾來這兒朝個聖，直到下次聖母日，一個月、甚至一年半載之內都不會再回來了。結果，隔週星期五，這行人帶著更多箱子、更多袋子和更多小孩子回來了。一輛搬家小貨車卸下許多傢俱和許多行李，馬努爾這才意識到他碰上的是一群週日度假客，之後他們每個週末都會過來這兒。這些新住民的出現，意味著薩撒烏里耶收得到手機訊號，因爲他們八成都張羅好了，明年將會開始過來這兒度假。乍看之下，馬努爾走運了，居然有手機訊號，但其實這預示著他大難臨頭。其他人的出現，就是馬努爾的災難。

突如其來的災難有二。一方面，突然殺出目擊者，出現在馬努爾的居住地，令他陷入被人舉報的危機之中。這些人大概也不是預謀來舉發他的，但結果還不都一樣，跟專程來逮他一樣，後果不堪設想。另一方面，人類的陪伴並不受馬努爾的歡迎，就像是一邊耳朵內長了拇趾滑液囊炎，幾乎比前述的理由還糟糕。

馬努爾除了逃，別無他法。他不曉得該如何打起精神，離開這個他這輩子以來第一個感到舒適的場所。但他只有離開，沒有別的選擇。

他衝向他的汽車。這舉動眞是荒唐，因爲車子根本發不動。都被他這麼胡搞了好幾個月，最好是發得動啦。我對開車一向都是一竅不通，不曉得汽車拒絕乖乖聽話時會如何表現，但我想像馬努爾轉動車鑰匙、猛踏油門，聆聽引擎發出的優美雜音，判斷車況。從前汽車發動時所發出的聲響就夠難聽的了，這會兒發出的噪音就更不用說，根本不堪入耳。

這輛破車可以帶著馬努爾飛也似地逃離他所珍愛的薩撒烏里耶，馬努爾滿心希望它做出回應。然而，我覺得他的情緒已跌落到谷底。一個人怎麼能夠違背自己的意志到這種地步呢。某次嘗試轉動鑰匙和打檔時，他大概想起來油箱是乾的，且電瓶也因爲缺乏使用，電力早已耗盡了；某次踩踏離合器時，他大概想到機油已經變成人造黃油，制動液已經變成一灘固態的死水，而防凍劑已經變成小冰塊了。輪胎仍在少了輪轂蓋的車輪上，裡頭的空氣大概都被小鳥吸光了。若出於奇蹟，汽車順利發動了，然後路上又好死不死下起雨來，車子沒有雨刷，他根本連路都看不到。但一旦上路，就是上路了，所有煩惱都將被拋諸腦後，啊不就很令人欣慰。結果，汽車完全沒有發得動的跡象。

我沒辦法過去找馬努爾。說起開車，我所懂的，跟驅趕阿爾蒂普拉諾高原上的羊駝群沒兩樣。我可以拜託某人去找他，某個信得過的人。但我信得過的人就是馬努爾，就這樣，至於其他人，我對他們的信任程度頗一般。沒有選項，因爲我根本沒辦法告訴任何人我有個外甥正在躲避警方追緝。有兩個人（馬努爾和我）知道蒙特拉街門廳內發生的事，就已經算是太多了，更何況還得顧及第三人。

那天，我查詢駕訓班的資料，打算找間學校報名，然後訂個合理的期限，出發拯救馬努爾。我找到一個網頁，上頭有考取駕照的練習題，看得我是一頭霧水，我看不懂問題在問什麼，查了解答以後，更看不懂答案的意思。我只看得懂「禮讓通道」的交通標誌，因爲它逐字逐句地寫在標誌牌上。不過，要是我專心準備考試，說不定六個月後就可以租車上路了。

接下來要說的蠢事，是馬努爾提出的。他打算徒步穿越這片無邊無際的田野。以實際執行上來說，這跟自首是一樣的意思。都已經大難臨頭了，他不可以四處亂走。移動無疑是去送死。雖然新來的居民是很危險沒錯，但跑到開闊的田野上，比待在薩撒烏里耶要來得冒險。

我靈機一動，想到一個奇怪的辦法，就是搭計程車去找他。然而，接下來一系列的想法，又讓我打消這個念頭。除非有隱形計程車，那麼這個辦法還行得通。隱形計程車無線電台的幽靈車隊，專門乘載逃亡中的乘客。乘客想尋找能夠落腳的洞穴，不曉得花了多長的時間尋覓杳無人煙之地。而計程車司機開著車，辦事收錢，跑完這趟車後會三緘其口。

這時，我突然意識到雖然將馬努爾撤離薩撒烏里耶是件麻煩事，但那並不是眞正的問題。眞正棘手的問題是他逃出來後，該拿他怎麼辦，把他救出來以後，該帶他上哪兒去。我必須把他帶來馬德里，得把他關在雜物儲藏間內，或讓他躲在床鋪底下，要藏多久，就藏多久。既然他無法出示身分證明文件，他就沒辦法買車，也就沒辦法開車尋找新的落腳處隱居。我更沒辦法買車，我連駕照都沒有。

馬努爾無處可去，也沒有辦法尋找去處。因此，解決辦法（新的開車共犯、我的駕訓班計畫、徒步走向開闊的荒山野嶺、計程車）爲零。

他只能繼續待在薩撒烏里耶，忍受週五到週日動彈不得的四十八小時。躲躲藏藏的他，模樣並不像個貽貝，貽貝外殼渾身發黑，飄散出大海的騷臭味。他倒是比較像個噴灑了古龍水的貽貝，被塞在一個埋葬在墓穴中的死者的長大衣口袋內。這景色還眞是鳥得可以。

我倆緊急列了一份預防措施和儲備物品的清單。馬努爾必須詳讀這些事項，儲存糧食，才可以撐過那些外人滯留的時間。

第一步是把整間屋子堵死。門窗（大街的正門、後院的門，以及屋子通往後院的門，一共三扇門）必須上繩索和鐵鍊，再用棍棒穿過其中鎖好。要是那些傢伙哪天突然一個心血來潮想要進來——這也不無可能——屋內東西那麼多，個個都是抓耙仔，他們怎麼可能不會察覺這裡頭住了人。必須把他們擋在屋外。

馬努爾完全不能點燈，因爲屋外可能看得見燈光，夜晚更是看得一清二楚。他得把窗戶預留孔遮起來，以免他人自外頭稍微探個頭，就能看見屋內。先前他用利多超市的紙箱做了幾個板子，這會兒派上用場了。那群人搞不好已經看到沒有瓦楞紙板的窗戶了，現在多了紙板，馬努爾必須信任玻璃窗夠髒，讓他們不會注意到有所不同。

當然，他不得不澈底熄滅爐灶。爐灶是他在家時主要停留的位置。這時正值七月，沒有必要取暖，但不能生火，意味著午餐和晚餐他得吃冷飯了。

悄然無聲。一道獲得另一種色彩的寂靜，強行維持的寂靜，與馬努爾所酷愛的寂靜截然不同。他大概得赤腳行走，沒辦法穿他親愛的靴子，不能刷洗鍋碗瓢盆，在家會製造聲響，所以不能洗，更不能從事他那有趣的習慣，不能去湧泉台那兒洗碗，原因顯而易見。就連翻閱南半球出版社的書都不得發出聲響。

他必須將手機徹底關閉，拋棄週末會話課的老外。此外，睡覺的時候手機務必得關機，以防我哪根筋不對勁不小心撥打電話給他。我從來都沒出過這種差錯，他睡覺時手機也沒有開機過。然而，這搞得我週末的時候好想他。

馬努爾總是很警覺，在千鈞一髮之際發覺利多超市不能於週六過來宅配。這件事若疏忽了、要是星期天來這兒度假的那一家子碰上宅配貨車、要是他們問送貨員這些商品是要送給誰的、要是他們問起這位鄰居是何方神聖……那後果眞是不堪設想。最好別去想像。我更改了收貨日，現在改成每個月的第一個星期二。我打電話給利多超市，確保一切沒有問題。我倆不想犯下明明可以避免的疏失。

任何人只要稍微把頭探過籬笆，就可以飽覽馬努爾的後院，從藍色房屋頂樓的天窗看過來也一樣。他得把後院內會害他暴露行蹤的痕跡全都抹除。每到星期五中午，感覺就像是警報大作，得把所有人類工業的痕跡收拾乾淨，比方他的挑水小推車、晒衣夾、弓箭、骯髒的碗盤，以及晾著的衣服。他的汽車還沒有破損到會被人視爲廢棄車輛的殘骸。他把車子刮得更花，打破幾扇車窗，刺破輪胎，盡可能拿一些有的沒有的東西把車子遮起來。那輛破車，他的五手車，帶著他來到這裡的車。

南瓜最難處理。時間正值夏天，南瓜已是莖粗葉寬，不過只八顆果實，仍小小的。然而，馬努爾傾注了如此多關愛，再兩三個月就可以順利收成了。南瓜長成一排一排的，而不是像野生的植物恣意蔓生成一片，透露出這兒住了人。此外，南瓜長在剔除過雜草且鬆過土的土地之上，而不是生長在雜草之間和密實的地面上，同樣也洩露了有人在這兒生活的跡象。

馬努爾不得不把南瓜全部連根拔除。一口氣猛拔下十根鼻毛和耳毛也沒有那麼痛。接著，他在乾淨溜溜的農地上鋪上一層厚實的雜草，猛力踩踏，抹除所有農作的痕跡，同時想著他有多久沒有被迫摧毀一件自己一手打造起來的事物。很久了。

處理完這些前置作業後，我倆才決定他該躲在哪兒度過被圍困的日子。閣樓的屏障最多，在那兒他最不會被人發現，這段期間待在那兒才是上上之策，而且得靜靜地待在那兒。他會備妥飲水和糧食，於星期五下午五點鐘上樓。換作是別的時候，不能下廚，不能加熱食物，那就得吃三明治度日了，但每次到了躲上閣樓的日子，麵包早就吃完了，看他怎麼辦。他必須隨身帶些書、紙張、原子筆、針線，或什麼玩意兒都可，不然怎麼殺時間。

從折梯把彈簧床墊搬上閣樓大概會累死人吧。馬努爾暫且先在地上鋪毯子和睡袋，假裝是床鋪，將就一下。夏天時，睡袋和毯子對他來說還沒有那麼珍貴，但天氣終究會轉冷，到時候他每逢週五都得把床墊搬上去，不然就得光溜溜地睡在木板上。我們走著瞧吧。

星期五到星期日，躲在閣樓內的那整段期間，馬努爾千萬不能點燈。這間閣樓就是他週末的噤聲小盒子。

這會兒馬努爾受制於時間表，被迫過著一期一期的日子，受到日期束縛。對一個已經習慣過著為所欲為的日子、愛什麼時候呼吸就什麼時候呼吸的人而言，這還真是綁手綁腳。

我先前提到馬努爾的閣樓有兩扇小窗，他家和鄰居家前後門的狀況，自小窗那兒可以看得一清二楚。馬努爾會時時刻刻監視著這家人，自北面的制高點瞧一瞧，自南面瞭望哨看一看，以便根據他們的動向做出行動。他在視覺上有足夠開闊的角度能夠對準他們，搞不好連他們的聲音都可以聽得頗清楚的。馬努爾把太陽能收下來，低調發電。嚴禁把臉探出去。馬努爾必須找個什麼把窗戶預留孔擋起來，讓他們沒辦法看見他，但同時讓他自己能夠觀看外頭。剛來到薩撒烏里耶、發現南半球出版社叢書時，書本被一面塑膠布蓋著。塑膠布有些骯髒，呈現半透明。馬努爾拿它做了幾道應急的窗簾，用絕緣膠帶把窗簾貼在兩扇窗子的上排橫梁上。窗簾微微打開，還算過得去。馬努爾將搖身一變成為一隻偷窺狂鼴鼠。

星期五傍晚六點，每次都是星期五傍晚六點，那家人回來了。打從一開始，馬努爾便全心投入監視監聽他們，一週復一週，隔著他那面可拆式塑膠窗簾，活像支有天線的潛望鏡。他睜大眼睛、張大耳朵，所有來到他的仙境薩撒烏里耶的人身處何方，他都瞭若指掌。

16

第一個週末出現的那些傢伙八成是占據藍色房屋那家人的直屬成員。接著到訪的訪客大概是堂表兄弟姊妹，再來是朋友，然後是朋友的朋友。就這樣，接踵而至，因為每個人都長得一個樣，像是同一個麵團烤出來的麵包，不是人體構造相像，就是衣著風格相似，不然就是行為習慣相近，或者以上三者皆是。跑來薩撒烏里耶的人多得不得了，各個年齡層都有，這家子的祖宗十八代親朋好友左鄰右舍兄弟姊妹全來了。

很快，馬努爾便開始稱呼這個既綜合又單調的人類集合體為「摩丑族[11]」。

摩丑族乘著三、四輛巨大得不成比例的巨無霸汽車過來，排場極盡奢華之能事，停放在一塵不染的薩撒烏里耶內。他們還帶來幾個體積可觀的大行李箱，不過就是來這兒待個兩天，一天卻打算換三、四套衣服。

11. 原文Mochufas，是作者自創之詞，音譯為摩丑族。與私殼族指的是同一類型的人。

他們身上有家族淵源的印記，古老西班牙家族的生理特徵。三、四個世代前，他們的先祖遷徙到首都，舒舒服服地討生活。今日的後代子嗣離經叛道，扮演起矯揉造作的都市人。數世紀以來的鋤頭、草料、蒼蠅和動物脂肪全跳到他們的面容上。然而，他們拿田野騷味來開玩笑，誇耀他們對首都街道圖的熟悉，炫耀熊與樹莓[12]的貼紙，取笑他們在薩撒烏里耶所見的一切，儼然一副帝國大都會殖民者的模樣。他們覺得放屁打嗝很有趣，所作所爲就像是一等兵兵營內逞威風的惡霸。

不管這幫人的祖先是什麼樣的人，總之他們看起來可是一點都不聰明，行爲表現與他們憨笨的氣質絲毫不違和。他們過來時所搭的巨無霸轎車車隊陣仗不小，說明了他們不是靠著聰明才智賺錢，而是靠著非法炒股息、變更地目炒地皮和耍一些齷齪手段延期償債，才得以買下這些豪車。他們就是愛炫耀排場，暴發戶和金錢關係曖昧且難以明說的人，就是這副模樣。

這些傢伙身上的衣服品牌無比顯眼，連身處閣樓的馬努爾都看得見上頭寫些什麼字。此外，他們的衣服上頭寫滿各種標語，訊息內容扭曲，令人不安。他們之中好幾位穿著健身用的T恤，但肚腩大到得用雙手騰空捧著。其中有一個女的，每次現身非得要穿金戴銀的，襯衫上有著嬉皮的和平圈圈符號。另外一個粗枝大葉的傢伙身上穿著傳奇名校牛津大學的校服，簡直要害該校校務委員會顏面掃地，他就算是成了捐贈的大體，這間學術殿堂也不會接納他。世界各國國旗、自相矛盾的標語、令人費解的告示、摩鹿加群島的某間手球俱樂部或紅軍派的名字，可以統統拆字重組套到他們的外套上，而他們也無動於衷，一味地發明一些連他們自己都好似搞不懂在訴求什麼的口號。

他們顯然是害怕寂靜，若不製造噪音，便手足無措，彷彿需要不斷確認自己此時此刻身處現場。如果說害怕面對自己的人，就會害怕寂靜，那這些傢伙還眞是生活在恐懼之中。

有時他們故意讓汽車警報器哇哇大響，還覺得那聲音聽起來無比悅耳。小孩子笑成一片，大人開著玩笑。他們遲遲不關閉警報器，因爲那刺耳的噪音讓他們倍感幸福，他們聽著覺得開心，因爲警報器撕碎他們這些摩丑族無法承受的寂靜。

他們的手機無時無刻不在響，而他們扯開嗓門接聽來電，說他們在這荒山僻野的鄉下過得有多舒服。每個週末明明都在跟外界聊天，簡直諷刺到了極點。

他們不斷重新武裝，捅出更多簍子。他們帶來一台草坪用割草機，上午就在草地上推來推去，同一塊草地修剪個三、四次，消磨時間。某日午後，一名老頭受到DIY之神的感召，在一支家用電鑽上裝了一片圓形的砂紙，試圖清除一扇六平方公尺大的大門

12.熊與樹莓是位於西班牙首都馬德里太陽門的一尊雕像，為馬德里的市標。

上的亮光漆。這傢伙還眞夠蠢的，每弄個十分鐘便累得半死，中途放棄，然後又冷不防地繼續開工，手上工具發出的噪音越來越令人神經抓狂。

很快他們便在院子裡搭了一座鐘，給小朋友玩。孩子們發狂似地敲鐘，聲音之吵雜，就像是有人拿刺刀捅你的鼓膜。他們嘴裡老說他們來到薩撒烏里耶尋求寧靜，但事實上根本無法忍受寂靜，只要能夠扼殺寂靜，要他們做什麼都願意。「你們不曉得那裡有多安靜喔！」星期一他們會如此告訴街坊鄰居。馬努爾感到既顫慄又噁心，雙腳不斷摩擦，腳趾頭邊緣的皮想必都被他磨禿了。

他們聽的音樂也是令人作嘔，成了噪音的一部分，不是同樣的音樂反覆重播到爛的類型化電台，就是專播單調乏味的音樂合輯的電台。這些狗屁音樂給鮑魚和老二的寄生蟲聽還差不多，而他們的派對絲毫跟上流兩字沾不上邊，適合任何社會階層的烏合之衆加入。若用聲音來形容，他們簡直就跟牛叫聲沒兩樣，這個描述方式之精確，淸楚程度更勝於替他們撰寫三大卷的生平傳記。我記下一份任務，要去看看我認識的人之中，有沒有人曾於一九八三年前後購買過路易斯・柯伯斯（Luis Cobos）、搞笑三人組合唱團（La Trinca），或者綽號「美洲獅」的荷西・路易斯・羅德里格茲（José Luis Rodríguez）的唱片，我想要看看這些人過的都是怎麼樣的生活。不用說，從他們的品味就看得出來，他們的生活肯定是爛得一塌糊塗，就像是滿臉塗滿了大便。

每個星期，他們每個人都開著一樣的玩笑，還一臉煞有介事的模樣，以爲自己發明了什麼新梗，第一次講給大家聽。一樣的玩笑，固定的節目，老狗變不出新把戲。然而，他們感覺自己「獨」具慧眼、「獨」出心裁、「獨」辟蹊徑、「獨」得之見、「獨」樹一格，一連用了五個「獨」字開頭，來包裝他們的老掉牙新梗。一週復一週，他們的笑話魚貫而列，只會開玩笑說他們是如何遊手好閒的，只會開玩笑說他們是如何搞劈腿的，只會開玩笑說對方的身材有多糟糕，只會開玩笑說自己是個狠角色，就因爲能夠乾掉一罐啤酒，只會開玩笑說自己有多麼不可一世。跟另一半一起過來時，他們會開有些下流的善意玩笑，說他們有多麼愛吃對方的醋。拍照留念時，他們會開玩笑地說著「西瓜甜不甜／甜」。

他們停止耍幽默，突然開始吟詩作對後，同樣也是老梗不斷。一個情緒上來詩興大發時，他們就對著彼此或自己反覆朗誦。日暮時分，所有人飲著一瓶葡萄酒，堅信自己就是高端美食的先鋒；黃昏時分，所有人入神地閒話家常，堅信自己就是哲學與美學的先驅，感覺自己一番高談闊論慷慨激昂；日落時分，所有人教導他們的孩子大自然對人類的作用，堅信自己就是最先教育孩子田野生活和眞正人生的家長；傍晚時分，所有人相吻，堅信自己就是田野色情的先行者，感覺自己令人想入非非。只有陷入這些想像時，他們才會稍微閉上嘴巴。

任何他們登場的場景，詼諧也好，浪漫也罷，男人們總是低聲咆哮，女人們老是尖聲嘶吼，角色分派得還挺好。

方才我提到他們接吻。我想，看著兩隻低等生物進行肉體上的接觸，還真是叫人渾身不舒服。光是想像他們熱吻，就足以令人幽門痙攣，難受得不得了。

他們什麼地方的電燈都開著不關，就連找電燈開關都要開燈。然而，他們倒是帶了一條狗來，常常拎著兩個撿狗屎的小袋子，去田間遛狗。所謂的狗奴才基本上就是在說他們這種人，矯揉造作，被小狗拉著穿梭於樹林間。不過，他們白天夜晚都在燃燒化石燃料發電，彷彿這麼做才稱得上是文明。

某個星期五午後，來了幾名身穿橘色短外套的傢伙，替他們安裝了一個裝置，按個按鈕，便可以把百葉窗升起來。後來又有一天，他們帶了幾個訓練手臂的伸展器來，彷彿把百葉窗升起來沒有讓他們訓練到手臂。某個星期六，一輛小貨車來到他們這裡，幾名搬運工卸下一台跑步機。平原和山丘早已是無邊無際的跑道了，憤憤不平地看著一行人卸貨。又過了一陣子之後，另外一群人來替窗戶裝了幾片窗紗，把田野的氣息全阻擋在他們的鄉間小屋之外。

他們無論見到任何人，都叫對方「親愛的」，就愛這麼做，成天掛在嘴上說過頭了，害這情感都貶值了。聊天時，他們非得要套上預先設定好的公式，比方「充電」、

「帶孩子們出來走走」、「忙裡偷閒」，諸如此類的鬼話。他們老愛稱讚女孩子穿得「美若天仙」、老愛說「經典時刻」，用這些抄來的斷句來組成口頭禪，實則都是一罐罐流傳在世上的語義學大便，每十年就更迭一次，但一直以來構成這幫傻子的口語信號。「如何當個媽媽，但又不會當到死？」啊不就很好笑。「孩子報到時沒有附贈說明書。」這句俏皮話總是惹得所有人捧腹大笑，時不時都有人重複提起。幹話一籮筐。「我在這裡，跟蜥蜴一樣，晒著太陽。」

他們時時刻刻都在說「享受」。根據馬努爾所言，許多無賴明明知道自己手上的貨爛得可以，卻還想做生意，都什麼年代了，他們這些無恥之徒還開口閉口就是「享受」。那些色慾薰心成天想要幹炮，卻無處宣洩慾火的人，也愛把這個字眼掛在嘴上。潛在猥褻的術語，說出這個詞，或是聽見這個詞，都不禁令人嘆氣，因爲會讓那些慾火焚身精蟲衝腦的人聯想到私密的小小性高潮。

他們任由電視名嘴綁架他們。不管什麼問題，名嘴說的都是「路線圖」，「整裝待發」、「紅線」，還有「我又沒有水晶球」，諸如此類反覆訴說的成堆屁話，與會嘉賓一律買單，任何時段不管什麼話題，他們都可以聊得很開心。「生活品質」這個字眼也常常冒出來。這些人渣把這個詞當作一個公式，試著說服自己過著快樂的日子。

看來，這幫人無疑已下定決心，想要過上和廣告男女主角一樣的生活。

星期五到星期日，他們熏得整片田野都是化妝品的騷味。他們打開窗戶，然後各種臭味就飄了出來，比方沐浴乳、乳液、有的沒有的小瓶子、香水連鎖店和臭氣沖天的量販店，還有洗髮精、護髮乳、定型噴霧，以及他們開的玩笑話，簡直要熏死人了。

他們什麼毛病都需要藥。他們動不動就抽筋、眼睛乾澀、對任何動來動去的東西過敏、不是輕微發燒，就是快要感冒。馬努爾狂妄地推測他們整片後背都在發癢，想像他們挖著藥膏，將藥膏塗抹上去個兩分鐘，便沒事了。他們甚至買了根伸縮塗藥棒，伸展開來像極了雨刷。此外，他們上完大號非得用酒精溼紙巾擦拭不可，也難怪他們越來越離不開溼紙巾。對別人來說，用酒精溼紙巾擦屁股這個流程，哪有什麼上癮不上癮的問題，但對他們這些死忠用戶來說，這就好比是註定會酒精成癮（透過肛門酗酒，這還眞是所有途徑之中最不高尚的酗酒手段）。

他們常躺在院子讀八卦雜誌。八卦雜誌是無憂無慮的人的夥伴證，是這座城市狗園的賤狗的識別狗牌，是市集內的職業奴隸頸子上的小掛牌。我不曉得爲什麼沒有更多說法了。

他們的電視收視習慣並不令人感到振奮。他們死忠支持龍頭電視台的影音作品。這些作品哪有什麼機會流傳給後世，總有一天將分解成腐植質，塵歸塵、土歸土，又有誰在意呢。

17

摩丑族之中有許多肥佬（那些身穿健身T恤的胖子）。他們的肥胖不是沒有原因的。他們提不起勁兒從沙發爬起來，他們什麼鬼東西都亂吃，反正只要不要叫他們做飯就好，他們蠢得可以，他們是懶豬，他們成天昏昏沉沉的，他們根本懶得動。不飽和脂肪在他們的血管中流動，無法溶解於血液之中，因爲他們罹患愛睡症末期，有如一灘爛泥，某種肥佬形態學。他們身形之胖，遭人數落也是合情合理，根本不需要看他們的游泳圈和五花肉，也可以確認他們是大胖子，因爲肥仔兩個字就寫在他們臉上。摩丑族之中的胖子多得是，而且不盡然都是大人。

他們之中有個傻呼呼的女的，自以爲特立獨行，因爲她老是獨自一人外出散步，回來時，總帶著一張她對著這片荒涼之地拍的自拍照，並拿給大夥兒看。她把「與全世界連結」的口號竄改爲「與世隔絕」，替相片下標題，然後張貼到網路上，藉此與成千上萬的世人連結。摩丑族之中常有這種格格不入的人，常有這種沒有個性的成員。

摩丑族邀請的客人之中，總有一兩位年紀稍長的人，來到巨石堆和森林內時，他們就像是在重新體驗兒時的鄉村生活，儘管他們未必眞的有過這種經歷。他們解釋說在鄉村度過的童年培養自己成爲團體中野外生活的專家，他們說話時刻意夾雜一絲土里土氣的口音，裝出一副樸質坦率的模樣。他們自詡爲大自然的行家，並向孩子們傳遞知識。「樹木的這個部位叫做樹幹。上面的部分是樹枝。下面的部分叫樹根，可是看不見唷，因爲都埋在土裡。」他們炫耀自己熟悉大地和田野的術語，硬是要證明自己從前有過在野外生活的經驗（所謂的經驗頂多就是在某間避難所度假一週）。什麼泥潭、卵石地和荊豆，這些年代久遠到令人肅然起敬的詞彙，聖杯時代的詞語，像是被他們塞進洗碗機內，瞎攪和。馬努爾沒聽過這些先祖的餘音，反倒是覺得佯裝成野外探險家、充當起滿嘴人類學狗屁的人類學家、刻意說出這些字眼的人，是在賣弄學問，就是要人看見他過去曾經和在地的一切打成一片，好傢伙，蠢得可以。

摩丑族之中還有許多獨特且吸睛的人，比方有個戴塑膠寬邊軟帽的男子，戴著帽子的他就像是一鍋雜碎湯，熱得都要被熬成肉凍了。還有個毛髮茂密的老兄，他連髮際線上也都長滿了頭髮。還有個傢伙的屁股肥肉都溢到大腿上了，肥肉就像是括號，包住他的股骨。有個女孩的奶頭看起來跟兩顆溜溜球沒兩樣。許多人的穿衣風格像是要去蘇門答臘雨林一樣，一身卡其衣、卡其褲，渾身橄欖綠，一堆口袋。

然而，他們之中有位女族長，特別出衆。女族長正是那天跟不動產西裝男一起來看房子的那名婦人。她名叫嬅姬，後頭還得加個夫人。這幫蠢貨跟她一個樣，組成一支軍隊。而她，就是大軍的首領。

根據馬努爾的說法，嬅姬一張眼屎臉，不是因爲她的眼角掛著眼屎，而且因爲她給人一種感覺，如果用顯微鏡觀看一顆眼屎，就會看到跟她臉孔差不多的東西。她說起話來眞夠含糊不清的，彷彿她的唾液腺一面分泌口水，一面分泌石膏。看得見她的臉和身體上有一包一包的玩意兒，位置很奇怪，想必是做過整型手術。馬努爾感覺整型手術就像是把吃過的口香糖或融化的橡膠嵌入她油滋滋的皮膚底下，反正就是反常的用途。

嬅姬令馬努爾感到無與倫比巨大的噁心。他口中對嬅姬的描述讓我感到不安，更何況我可是完全不認識她本人。大屁股一個。馬努爾老說嬅姬的臉很臭，臭得像是沒有照明的街角，大老遠就可以察覺到她人在場，渾身上下奇臭無比。有些女人從來不記得髒內褲和乾淨的內褲分別放在哪個抽屜，嬅姬就是這種女人的原型。她讓馬努爾回想起電視上的「晨間新聞女王」，看起來一副打從八歲就開始爲尿失禁所苦的模樣。

摩丑族的孩子（兒子女兒、姪子姪女、孫子孫女）跟他們是同一個模子刻出來的，非常愛噴垃圾話。他們是爸媽所委派的幼稚行爲步兵團，他們的幼稚行爲可謂是青出於藍，更勝於藍，開口閉口就是騙人，卑鄙且羞恥。看來他們長大後也成不了什麼大器。

摩丑族的大人之所以生了那麼多小孩，顯然是因爲他們也想不到其他方法消遣度日。另一方面，他們好似堅信孩子唯有傻呼呼地過日子，才算是眞正有過童年。

任何愚蠢的小事都會讓孩子們感到雀躍，他們隨時都開心到了極點，任何時候都聽得見他們高喊「讚讚讚讚讚啦！」比方把一顆彈珠投入充氣式泳池中，或是踏著四輪單車前進了五公尺且沒有翻車。也許正是因爲他們做什麼事都被認可，不勞而獲得到一堆獎勵，所以他們才什麼事都不會做，大小事都要幫他們處理得妥妥的。等到他們長大成人，一定會連臘腸片三明治的食譜都覺得複雜，不曉得該怎麼料理。

由於父性移情的關係，孩子們時時刻刻都在製造噪音。摩丑族之中爲人父母的，從來不引導孩子回到正常發展該有的模樣，好似還很感謝他們如此吵鬧，不是因爲孩子們驅逐了他們所恐懼的寂靜，就是因爲也許他們透過尖叫聲和打鬧聲，確認他們的後代還活得好好的。

孩子們把嗚咽聲當作是與大人們往來的標準方式。耍脾氣訛詐，是他們如野獸般訴說事物的方式。說到底，他們就是愛哭包、鼻涕蟲，把哭聲當作溝通的基本手段。他們是意志薄弱、呆頭呆腦的敲詐犯，總是流著鼻涕，總是鬼吼鬼叫的，準備好要奪得他們索求之物。

說他們是哭喪小孩也不爲過。他們明明什麼事都沒有，但曉得自己得哭泣，才可以索討東西。他們是受到過度保護的幼崽，什麼事情都需要協助，就知道抽抽噎噎地說話。他們是成天放聲喊叫的暴徒，就要看看在這以分貝計算的跳高比賽中，誰比較像福斯貝里[13]。馬努爾的耳朵被他們搞得千瘡百孔，簡直可以掛上耳墜了。

哭哭啼啼的招數不管用時，這些孩子會裝病。病痛說不上在身體哪個位置，變幻莫測、反覆無常，且有一陣沒一陣的，一下子出現在他們身上，之後又從他們身上消失，一會兒不舒服，一會兒又沒事，讓他們不論何時都很難受。任何人只要還沒全瞎，都看得出來這些孩子是遊手好閒的廢物，一心只想要引人注意，誰先心軟關心他們，就等著成爲他們的玩物吧。

體育新聞是主要對他們的行爲和措辭造成影響的事物。他們的爸爸什麼都沒做，完全沒有矯正他們的偏差。寵物倉鼠生病時，孩子會說倉鼠「正在進行牠一生之中最重要的一場比賽」。別的小朋友買了一包耶誕節的裝飾小物，孩子會說「他是在大聯盟冬季會議上搞到手的」。他們之中最誇張的傢伙在學校看見別人打架時，會說自己目睹了「一場鬥毆事件，場面之暴力，還是別讓各位觀眾看到比較好」。他們在院子裡踢足球，其中有兩、三個十歲的小孩子，進球後會把大拇指往嘴裡塞，慶祝得分，大概是見

13. Dick Fosbury（一九四七～），美國著名跳高選手。

過哪個足球選手在場上這麼做，光是想像這些孩子未來還會生育後代，想像他們在取得成功的時刻還不忘要拉個屎，就令人噁心得腸胃翻騰。一般來說，他們會如此過下去，他們都是一個樣，根本不曉得自己是什麼。

這些小鬼頭的名字之羞恥，別人看到了，也替他們感到尷尬。就看看誰取的名字最沒有道理可言吧。名字再烏，也不是孩子自己取的。孩子都交由家中無所事事的廢物去帶。未來的前景才是最糟糕的。打從登記出生的那一刻起，他們便不會浪費父母親生給他們的呆頭腦。他們在耳濡目染下逐漸學壞，從一些細節上便能夠略見一二，比方他們熱愛挖鼻孔。「鼻腔大翻找」，用左右手食指的指骨搞定。賜予他們大名的爸媽全看在眼裡，但誰也沒說什麼。

摩丑族來到薩撒烏里耶，成天就幹一些他們在狗屎電影頻道上看來的事。他們在一面牆壁上裝了一個籃球籃框，搞來了球棒和棒球手套，買了個他們稱之爲「巴比Q」的機器。他們不曉得該如何開機，不曉得該如何替它供電，他們也不打算動腦筋學習如何操作。因此，他們每次最後只能在木材上潑灑燃油，畢竟這招十拿九穩，肯定燒得起來。他們就這樣吃著帶有卡車味的烤肉，吃得津津有味，還說冬青樹炭火烤出來的肉排怎麼能夠如此美味。他們揚起一陣超他媽大的煙霧，等他們回到馬德里後，大概會告訴別人他們週末呼吸的都是田野的純淨空氣，吃的都是上等的美食。

有一天特別值得一提。他們搞來一根兩公尺長的桿子，然後一夥人跑到屋子正面的二樓陽台上，邊笑邊破壞燕子在屋簷下用泥巴築的巢。看得出來他們覺得燕子在屋子前面拉屎很煩，便把這些黏土做的小堀頭全打下來，打到桿子搆得到的範圍內沒剩下半個燕巢才停手。看得出來摩丑族並不曉得靠自己一手打造家園是什麼一回事。馬努爾從來都不覺得自己是個特別維護動物權益的人，但這件事令他極其抓狂。本來就已經滿不爽摩丑族了，這會兒又看他們搞了這一齣。

氣溫稍微轉涼，不冷不熱的九月期間，摩丑族開始使用一個手機應用程式，遠端遙控開啟暖氣。週五上午十一點鐘暖氣就已經開好了，因爲他們傍晚六點鐘會現身，才不想受寒。暖氣機冒著煙，臭氣熏天。他們非得要打從進門的那一刻就感覺整間屋子暖烘烘的。

摩丑族隨時都在找碴。他們的汽車引擎轟隆隆地吵，好似戰車。他們帶來一些有的沒有的電子裝置，少了這些玩意兒，他們連雞蛋都不會打。他們人還沒到這兒，就預先開好暖氣的鍋爐，不會感冒。對馬努爾而言，他們這番無休止的汙染行徑簡直就是犯罪行爲。他自己的確也稱不上是什麼環保人士，但摩丑族的這些行爲氣得他怒火中燒。摩丑族的大人對他們的兒子女兒孫子孫女表現出巨大的愛，但他們絲毫不留情面，居然留下一個黃褐色的氣體裝飾物給孩子們，像是要害他們所有人全得肺氣腫一樣。摩丑族好似拒絕承認自己正在助長一個髒兮兮的未來，專家們早就警告過排放這些毒物有害健康了，未來，他們的子孫將會爲這些毒素所苦。他們這些當爸爸媽媽的眞是無腦，寧可要他們的那些電子裝置，也不要他們的孩子，雖然他們不像是意識到這一點。他們以爲自己無比疼愛他們的孩子，等到孩子稍微長大後，會因咽喉灼燒而死，到時候他們就知道了。謝謝爸比，謝謝媽咪。

星期日下午，約莫六點鐘時，摩丑族會回家。這時他們看起來就像是被大自然整得痛不欲生，但還有臉自詡是田野生活達人。這就像是某人跑去嫖妓，回來時還以爲自己是大情聖。

18

馬努爾又開始感受到社交的困難了，彷彿這片田野還不夠遼闊，沒空間讓他去別的地方撒尿，非得要忍受這些摩丑族。摩丑族有權利過來這兒，有權利胡搞瞎搞、鬼吼鬼叫，有權利自己欠自己一屁股債、有權利耍笨。然而，在馬努爾的眼中，他們就像是無法買通的傻蛋，就像無法教化的無名小卒，就像是徹頭徹尾的滑稽可笑之徒，這個頭銜寫起來筆畫還不少。他們的風俗、志向，甚至是拉屎的習慣，都令馬努爾作嘔。而與此同時，摩丑族則是操他媽的煩死人不償命。

試圖接近他們，要求他們保持安靜、保持環境清潔，或者要求他們別耍白痴，未免也太天眞了。因爲他們已經來不及克服他們的精神牛皮癬症了，而且主要是因爲馬努爾不行出現在任何人面前，不可以吸引任何人的注意。他也沒辦法離開薩撒烏里耶，只能保持低調再低調，希望不會洩露蹤跡。因此，他得繃緊神經，稍微忍耐一會兒。

從來沒有人必須忍受這種鳥事。完全沒有。

摩丑族帶來一套視聽設備，簡直要人把耳朵和眼睛全摀住，才不會被煩死。馬努爾思索，若他現在活在一部電影裡頭，片尾時劇情會一百八十度大轉彎，我們會發現摩丑族的屋子乍看之下是個週末度假的寓所，實則是一間創傷患者的療養院。而他們是一椿倒霉事件的受害者，一個盲目社會的底層人士。接招吧，大逆轉。我們以爲那是個休假的場所，以爲他們在這兒愛幹什麼蠢事，就幹什麼蠢事，全然不會有後果，但其實這兒是一座療養中心，收容被虐者，或者慢性疾病患者，或者被空襲轟炸震得七葷八素的人。他們全然有權利宣洩怨氣，因爲他們被厄運用手指頭點了一下。這個劇情聽起來還可以，從中可以引伸出一套教誨，就是散播仇恨時別操之過急。

但事情並非如此，摩丑族的天職是要害他人腸胃、食道和肺部不適難耐，他們煩得要死，令人心臟難受；頤指氣使，跟皇帝沒兩樣，令人抓狂。在家中的他們像是蠢蛋，動不動就身體不適，動不動就抱怨這個不公平那個不公平，本性壞得不得了，吃早餐、下午茶和晚餐時也是，餐餐縱容自己大吃，愚蠢至極。他們也很無賴，隨心所欲，爲所欲爲，說他們人就在這兒，這些大白痴，白目至極，總是找得到理由搗各式各樣的亂，一而再、再而三，冥頑不靈的死腦筋。這就像是某人這輩子吸吮優格蓋子時，總是被蓋子的切口割破舌頭，但他還要繼續，還要吸個不停。

摩丑族是歷代蠢事的總和，是正在膨脹的愚蠢，是由來已久的愚笨，終其一生都是一群敗家子，是公元二十一世紀特有的煩人精。摩丑族令馬努爾噁心到毛骨悚然的地步。我也覺得越來越恐怖。

當然，我依舊住在大都市內。我在街道上與無數市民擦肩而過，我在他們身上看到摩丑族的影子。上班日，我常常不禁猜想那邊那位女士會不會就是嫜姬，會不會眞的就是她，或者她的親戚。爲什麼不可能呢。

馬努爾難受得不得了。他的大便硬邦邦的，拉出的屎跟石灰岩沒兩樣，形狀像是問號，一條彎彎的繩子，最後還帶個小點。他時常陷入痛苦的沉思。如果有個他根本不認識的陌生人，跟他一樣無比希望另外一人滾蛋、滾蛋、滾蛋，馬努爾常常思考要是他得知這件事，那會怎麼樣。他想像摩丑族在他們家中，愛做什麼就做什麼，頭頂上戴著某種電化學高伏特裝置，記錄不正常的震動。

馬努爾常常想到他從前住在馬德里時認識的某人，或某些人們。這些人可能曾渴望他從人世間蒸發。今天他也一樣，他也強烈希望摩丑族消失。如果那個某人或某些人們確實存在——搞不好還眞的有——那馬努爾躲到薩撒烏里耶，他們也該感到高興了。馬努爾就不像他們那麼走運。

星期日，摩丑族離開後，馬努爾一瞬間回到他平靜的生活。傍晚的最後一段時光，他再次變成獨自一人。他稍微冷靜冷靜，做些料理，到後院逛逛。然而，不過兩、三個小時後，晚餐時，才剛縫補好的生活就又炸裂了。時間過了兩、三個小時，這意味著距離那些王八羔子下星期五回來前的時間，又少了兩、三個小時。一想到此，他就生不如死。星期日晚上，捲土重來的新雪崩便蠢蠢欲動，而星期一上午，大雪就已經朝著他席捲而來了。馬努爾心裡想著星期五一到，他的折磨就要更新了，週一到週五的這幾天，無疑是痛苦的等待。

摩丑族馬上就又要來了。一整個星期就這樣全被搞砸。事實上，一週七天之中，摩丑族在這兒停留的四十八小時，感覺就像是在他身上黏上漿糊，而其餘的一百一十七或一百一十八小時，則充斥著不祥的預感，且那感覺越來越強烈，極具感染力。

我常常打電話安撫馬努爾。有時候靈光一閃，想到一些充滿善意但又沒那麼真實的心靈雞湯句子，要他有點耐心，告訴他一切都會搞定的，不妨想想其他事吧。摩丑族其實也沒那麼私殼。

我對馬努爾說了那麼多，要求他做什麼或不去做什麼，他聽著聽著，情緒也冷靜下來。然而，話才說完十五分鐘，他又開始責難自己的命運，罵天咒地，最神聖的也罵，最不神聖的也罵（看來，這些新到訪的摩丑族跟神聖兩字的半點邊兒也沾不上）。他又不爽得一屁股火，又開始說一些關於他們的奇怪的話（「與其說他們是人，還不如說他們是因果報應。」）要忍受這些穿鞋子的煩人精，肯定不是什麼容易的事。

準備上床睡覺時，準備躺上他週五週六臨機應變鋪設的破床時，馬努爾最先失去知覺的部位是眼睛，不是因爲他和平常一樣閉上眼睛準備睡覺，而是因爲爬上床鋪時，他的眼睛早已精疲力竭。主人不分日期全天無休地用眼，眼珠子不虛脫才怪。接下來麻木的是耳朵，摩丑族那麼多垃圾話噴來噴去，聽得耳朵都要受不了了。週末以外的日子，躺上他心心念念的床鋪時，馬努爾整個人像是溶解一般，哀傷地回想起自己先前還叫這張床爲「庫爾斯克號」，接著馬上在床上爲它哭了起來，像是一條幽魂，爲祂死去的寡婦感到悲痛。

起初，摩丑族之所以危險，是因爲他們可能會看見馬努爾，害他的地下生活破功，他們可能會暗中監視他，哪天可能會有意無意地提到他，從而洩露他的行蹤。馬努爾苦惱到了極點。檢察機關正在追捕他，這會兒薩撒烏里耶又多了好幾雙眼睛，他的藏身之地有可能會暴露，更別提之後會發生什麼事了。

不過，他眼前有一個嶄新的熾熱地獄，就是不得不和這群白痴共同生活。相較之下，上述這些小事都顯得沒那麼嚴重。跟摩丑族一起生活叫做眞正的凌遲，每週定時上演，持續不斷，讓他不得不捨棄他神聖的孤寂，取而代之的是一群腦袋進水的醜八怪。這點才眞的稱得上是全方位的大災難，其他事根本不足掛齒。這一點最爲棘手，因爲摩丑族入侵薩撒烏里耶後，害馬努爾失去的事物，比鎮暴警察闖入蒙特拉街的門廳所害他失去的一切還珍貴。那天，他在那個門廳贏得了薩撒烏里耶，代價是一點點的苦惱，以及潛逃的人生。而摩丑族害他失去薩撒烏里耶，害他失去他開心掙得的一切。

摩丑族的出現，比他那棘手的刑事處境還糟糕得許多。他逃得出窮追不捨的法官的魔掌，這次就逃得十分成功，但他逃不開這些不三不四的王八蛋。現在的處境可謂是糟糕到了極點，因爲乍看之下完全無解。

然而，無論如何，另一樁事同樣也解決不了。馬努爾該如何藏匿行蹤位置，依舊是個大問題。他的處境無比危急，要是被這些新鄰居看見，他們會害他陷入一個衝突的循環圈圈，我去你媽的圓圓圈圈。

此外，馬努爾預測未來他會過得很不是滋味。他推測接下來的日子會更加無趣，但他也做足了預防措施。等到天氣開始冷的時候，閣樓上頭天寒地凍，又不能在樓下生火，看他到時候星期五到星期日這幾天要如何度過。我得多買幾條毯子給他才行。要知道，利多超市這時候還在促銷泳衣和毛巾。我替馬努爾買了幾件T恤，讓他當作床單和枕套。

馬努爾也曾告訴我，搞不好哪天那些小鬼頭會搞起探險，一個心血來潮闖入他家，然後還發現他。光是想像這一點，就令他害怕得不得了。他感覺得到他們不久就會萌生進攻的慾望，什麼敲鐘啊自動百葉窗的，他們總有一天會玩膩，就跟任何事物一樣。週一到週五，馬努爾忙著苦惱，忙著思索該用什麼東西替門窗和插銷上鎖加固，不知道那些小鬼頭跑過來時，這招是否能夠擋住他們。

馬努爾煩惱不已，整個人萎靡不振。令人感到安慰的是，他的腦袋瓜兒開始產生無畏且瘋狂的念頭，而我跟他有樣學樣，也開始胡言亂語，努力激勵他。

舉例來說，馬努爾原本預測這些小鬼會登門突襲，但最後並沒有，反倒是他某次突然跟我聊起幾個他先前所陷入的思考。他覺得這群愛鬼吼鬼叫又愛無病呻吟的孩子其實一輩子都會是炮灰。馬努爾的年紀夠大了，夠懂事了，他的這些好鄰居童年都在咆哮和啜泣中度過，活像個白痴，他還看得出來是怎麼一回事。他反覆檢視身邊的人一生發生的事，意識到某些他認識的小鬼頭動不動就亂發脾氣，隨著時間的推移，最後都在幹架，這些傻蛋最後都會成爲人渣，造成他人的災難。馬努爾已經料想得到他們會如何一本正經地辯解。遁逃前，他也跟許多笨蛋往來過，比起那些沒事都在亂叫的小鬼，他對那些不會一天到晚都在尖叫的小鬼還比較好。根據他所回憶，這些傢伙什麼都不是，倒比較像是半成品的可憐搗蛋鬼。

我念了馬努爾幾句，因爲有時候他的仇恨令我感到惱火。我跟他說，他之所以憎惡這些摩丑族小鬼頭，也許是因爲人家有家庭生活，而他小時候家庭不美滿。「你看摩丑族不爽，是因爲我的小姨子和她老公不怎麼關心你。」我口無遮攔地拋下這麼一番話。

他回答我說看見摩丑族（成天以家族、宗族和氏族爲單位行動的他們）最終成了什麼模樣後，他非常慶幸自己不曾被賦予類似的家庭待遇。此外，他還補上一句，說他希望自己沒有變成這些傻蛋正逐漸變成的混蛋，或者希望自己沒有跟他們之中的某些人一樣——根據其年齡大小——已經變成混蛋了。若他並沒有變成這種混球，那麼缺少家庭關愛還稱得上是好事一件。他寧可如此。

馬努爾告訴我說，某個他進入苦行模式的星期五，有個十歲的小孩子試圖把一輛設計簡單的兒童腳踏車立起來。大人們當時不在場，不然早就衝過去幫他弄了。那小子立不起腳踏車，才一抬起來，單車又倒到地上，他又重新把單車抬起來。照理來說，這件事對他這個年紀的小孩來說，應該沒那麼困難才是。不管是他在後頭扶著，或是不在後頭扶著，單車都往反方向倒。他一直撞到鋁製車框，最後一腿卡在輻條內。

他不只手腳笨拙，而且顧忌這個顧忌那個，謹慎得很白痴，不關心重要的事，卻過度關心一些芝麻綠豆的次要小事。馬努爾對他爸媽從前忽略他一事心存感激。大概有個平均值吧，某個可取的狀態。然而，若讓馬努爾做選擇，他無依無靠的過往還是比那小鬼卡在車輪內的屁股要好上許多。

馬努爾並沒有變成一個混帳，這點非常清楚。看看這些被保護得無微不至的窩囊廢，再看看馬努爾，讓我好想對他所說的一切買單。多虧了幼年時期缺乏照料，馬努爾在薩撒烏里耶獨自一人建構了一幅壁畫，每天用舌頭在上頭舔來舔去。前提是他可以回到獨處的生活啦。

爲了忍受這些摩丑族，馬努爾也在心中勾勒了一幅速寫。根據這張圖——說來還眞夠弱智的——摩丑族和他們的同類將會被大地吞噬。馬努爾常說有些人需要小配件、避孕藥、小道具、有的沒有的小東西、生活品質、藥膏、對之後要吃的加倍佳棒棒糖用巴斯殺菌法消毒，這種人會最先陣亡。他說這些滿腹蠕蟲、生理上變得虛弱的人會慢慢屈服於棲息環境的自然壓力。一直以來都是如此。一個群體如果產生像他們這種機制和習慣，勢必會被鄰近的群體入侵，而且是大舉入侵。

馬努爾口出妄語，說他要找一大群人來。一大群飢腸轆轆的人，從來不會缺席。他說他會在這些大傻瓜家中的客廳逮住他們，而他們還在專心思考是否要更換去角質乳霜，或者一心想著爲了延年益壽，必須將每日的益生菌攝取量增加爲兩倍。馬努爾想起入侵者奇襲拜占庭人，攻陷君士坦丁堡時，曾有過一段關於天使性別的神話討論。馬努爾指出像摩丑族這種被侵略者，外表看起來光鮮亮麗，防禦系統卻打瞌睡，根本撐不了多久，等到病菌到來之時，他們這些體弱多病的傢伙會最先倒下。他們用香水把皮膚噴得越香，就越容易死亡。

若馬努爾讓時間流逝，他可以親眼看見摩丑族迎接他們的終點。然而，他的一切想法都是需要長時間驗證的理論。耗時太長了，不適合他，天底下有誰如此有耐心呢。

馬努爾的思索令人擔憂，令人毛骨悚然，我不曉得是因爲他這是在胡思亂想，還是因爲他想的都是對的。通常他說的話都有道理。

19

每個星期過來的摩丑族好似越來越多，他們的田野活動也爆發式地增加，目不暇給。遠足、滑翔傘、隆隆作響的四輪摩托車（這玩意兒最終也冒出來了）。他們無論做什麼都是成群結隊，像是行進中的牛羚，需要有人看著他們，延長他們委託彼此的群居生活，使用一些小設備寄發活動的精彩照片，並問問其他人的看法。

時間才星期六下午，他們就已經沒興致繼續搞冒險運動，就這樣，他們掏出來的酒瓶越來越多。沒事幹的時候，他們大概完全提不起勁兒。解決方法就是打開瓶蓋，動動胳肢窩。這會兒他們變得更吵了，但再怎麼說也是另外一種吵。

馬努爾氣得渾身發抖不能自已，試圖反抗，但很困難。摩丑族大聊他們的夫妻生活時特別難熬，因爲某些他們的相處之道令馬努爾感到抓狂。他們對性生活的描述模糊得恰到好處，剛好維持他們爲數不多的隱私，但又足夠露骨，可以當著親朋好友的面證明他們夫妻倆在肉身上有多麼和諧融洽。

確實，摩丑族在彼此之間聊生殖性事，聽得大家是面紅耳赤，尷尬難堪，此等勇氣也算是值得褒獎。根據馬努爾的說法，摩丑族的肉體和衣品可以讓人聯想到任何東西，但就是和色情八竿子打不著關係。這不是因爲他們長得醜不醜的問題，單純因爲他們行房的畫面不值得推薦，不堪入目，很傷眼睛。他們脫下內褲後，緊接著不像是要愛撫一番，而像是要去拉屎。

夜晚，馬努爾隔著分隔隔壁房屋的薄牆，感覺摩丑族專注於引導情慾的激流，玩得是慾火焚身。隱約聽得見他們兩兩一組在各自的小房間內，你騎我、我騎你，儼然像是農場內的牲口，在只有一牆之隔的空間內交配，那畫面簡直和動物養殖場沒兩樣。馬努爾感覺聽見他們爲了重新喚起伴侶的性致，脫口說出一些怪里怪氣的蠢話。「我要對你做變態的事了！」、「盡情糟蹋我吧！」、「羞辱我！」、「我快要去了！」

馬努爾憎惡摩丑族。他的腦袋瓜兒重新整理這些雜音，相信自己聽見令人毛骨悚然的下流話。有個傢伙，男性，馬努爾可以發誓自己聽到那人說出一些莫名其妙的話，什麼「我來突襲妳啦！我要加快啦！我要洩啦！我要拉屎啦！我警告妳我要噴啦！」眞是操他媽的噁心得可以。射精時，那老兄覺得自己像是一朵飽滿的雲，一個暢通無阻的水龍頭，或是一個燃料箱。

某些人來到薩撒烏里耶，目的是試著做人，試著播下熱情的種子，試著搞大肚子，試著生下冠上彼此姓氏的小寶貝，試著在純淨的空氣中受孕，好一個計畫。他們兩人在那兒，透過收集來的淫聲浪語配置他們的配子。

啪啪啪的聲音停止後，馬努爾猜想摩丑族會感覺床單反折的部分聞起來有糞肥的味道，或者雙手聞起來像是被操爛的屁股。在他怒氣沖沖的構思中，在他打轉的腦海中，馬努爾發洩他的蔑視。他看不起這些傢伙，因爲他們需要借助他人才能夠娛樂自己。馬努爾也對他們反感，因爲他們玩著一種只能兩人遊玩——至少需要兩個人——的遊戲，藉此娛樂不曉得如何單人遊玩的人們。不懂得如何處於孤獨之中的人，不曉得如何處理這些私密事的人，會被馬努爾罵笨。

事實上，隔牆感受這些傢伙在相幹，肯定是讓馬努爾嫉妒得牙癢癢的。他們就在那兒，在這片田野中成雙成對地胡亂堆著，因爲擁抱大自然而自鳴得意，一堆傻蛋，非得要上網查天氣才能夠確定外頭天氣好不好。他們一臉看起來像是倒退成爲亞當和夏娃，當著乙太交合，行光合作用，欲仙欲死，屁股對著太陽晒，宛如人類物種最最自然的新創始者。回到他們的智慧型家庭前、回到他們的破車前、回到那些給下流怪人觀看的電視節目前，所有的一切都是如此原始、花團錦簇且眞誠。

馬努爾那天所預言的威脅，過沒多久便兌現了。九月的某個星期六，七名摩丑族小鬼頭手持手電筒和棍棒，打算闖入他家。他注意到小鬼們在他家門口徘徊，試圖開門，還踹了大門幾腳。大人們繼續忙他們自己的事，不停說著「孩子們，要小心喔」。他們嘴上說是這麼說，但手上沒有停止替烤肉添加燃料，也沒有停止說出「享受」，這個他們最愛且萬用的字眼。

馬努爾嚇壞了，把通往閣樓的活板門堵住。他心裡很清楚這麼做一點用都沒有。若這些小鬼頭成功進到屋內，無論有沒有看到馬努爾躲在樓上，意思都一樣。就算他們再遲鈍，也會發現新鮮的補給品，最近使用過、被熏得黑黑的爐灶，幾件扔在椅子上的衣服。馬努爾無法澈底藏匿這一切，而這一切表示此地有人居住。所以，他就等著去見法官吧。

這些小鬼的手腳挺不靈活的，橫梁、插銷，以及馬努爾星期五中午趁摩丑族抵達前堵上的椅子，他們全都拿它們沒辦法。不過，他們倒是成功翻過後院的圍牆。馬努爾透過他的小窗，看著他們跑來跑去，來到他先前種植南瓜的位置，看著他們把裝有螺絲五金的盆子亂撒——他可是在那裡頭找到他那把「印第安戰斧」的——看著他們坐進他那輛空空如也的破車。最慘的是，這些小子發現了葡萄藤。他們大吃葡萄，因爲這個月分藤蔓上結滿了葡萄。吃膩了以後，他們就地取材做了幾個標靶，開始瞄準靶子扔葡萄。葡萄落到地上，一踩就爆，汁液噴在這些全身塗滿防晒乳、興奮過頭的小鬼頭身上，弄髒他們的衣服。最後，他們終於離開。

那個星期日，一如每個星期日，摩丑族離開時一副「我們玩得比我們以為的還開心」的臉。他們一離開，馬努爾便立刻從他的小窗洞下來，重新過起他的隱居生活。和他擔心的一樣，地上滿滿都是被踩扁的李子。

摩丑族每次過來，都加深馬努爾心中的怨恨。他的自由是有條件的，如今慘遭殖民，一週比一週糟糕，就連平日週一到週五的自由也變質了。現在說起薩撒烏里耶，馬努爾會覺得這個地方是他們的，而不是他自己的。對他而言，在這裡踏出家門已經沒什麼意思（待在家裡也一樣沒什麼意思）。這份磕磕撞撞的自由要不了多久也將開始染上汙漬。

十月的第一個星期一，嬅姬找了兩名裝修工人來薩撒烏里耶，來替通往院子的大門——那個吵死人的老頭搞不定的那扇門——拋光上漆。工人們每天忙到傍晚七點，花了兩天才完工。整整兩天，吵得更加沸沸揚揚，馬努爾又不得不躲起來一段時間，閉門不出，啥事都不能幹。接下來的幾週，又來了一名工人，替他們疏通簷溝，還有幾名油漆工，重新粉刷了房屋正面的藍色。

摩丑族就算人不在這邊，也一樣陰魂不散。他們派了許多機動小隊過來，彌補他們的缺席，就連非假日也是煩死人不償命。我突然發覺，其中一組隨機出現的工人，星期二會碰上利多超市的宅配貨車，那就完蛋了。我堅持要求利多超市延後宅配時間，當天下午能多晚送貨，就多晚送貨，到時候工人們可能已經離開了吧。然而，他們居然跟我說宅配時間能否調整，完全取決於當日宅配量的多寡，以及上帝的意志。我煩惱得不得了，害怕工人和宅配員遲早會不期而遇。

正如我先前所言，摩丑族除了曉得把屋簷上的鳥巢打下來，其餘的事一竅不通。任何事都要借助第三者之手。他們的無能與懶散於某個星期四早上表現得淋漓盡致。當時馬努爾正在鋪床，聽見一輛汽車朝著他的地盤駛來。他自二樓的臥房看出去，看見一名四十來歲的婦人下車。婦人走進藍色房屋，花了三小時清潔整理了一番。摩丑族僱用女傭了，他們又邁出了一步，更接近徹頭徹尾的上流人士了。打從那次之後，女傭每週四都會過來，從早上十點一路待到下午一點。

若把摩丑族幹的蠢事形容為「八千公尺以上山峰」，如今他們又攻頂成功啦。在鄉下搞一間房子，來過過鄉村生活，然後又找來一名女傭，這麼蠢的事，只有暴發戶才幹得出來，只有生活得畏畏縮縮且一事無成的窩囊廢才幹得出來。僱用女傭並沒有違法，但在這種小村莊僱用女傭，真的是浮誇造作得很噁心。穿著無尾禮服去釣魚並沒有違法，但只有自命不凡的怪咖才幹得出來。

他們這些大老粗僱用了傭人，替他們的上流生活增添光彩。這些阿米巴變形蟲放棄打理自己的事，目的是要擁有更多時間來無聊。

那名女傭八成是這區域某個村莊來的大媽。就聲音的軌跡來看，上午的時間，她都在收拾摩丑族留下的爛攤子，替他們鋪床和洗碗，然後離開。現在，馬努爾擁有的自由日子可說是更少了。形形色色的工人不定時出現，害得他也失去了週四的上午。他正一點一滴地失去薩撒烏里耶。

緊接著，我倆發覺最後會有許多人上門，比方查水表的人、偶爾過來送個信的郵差、流動小販、周遊世界的新教情侶。當然，這些人登門拜訪時一定不會事先通知。情況越來越危急了。試著躲避一群執行定期服務的人，試著躲避受僱於摩丑族的人，試著躲避他們偶爾前來拜訪的密友，簡直可以說是痴人說夢。雖然馬努爾謹慎到了走火入魔的地步，但我倆依舊是愁雲慘霧的。

天氣逐漸轉涼。秋天又到了，夜晚已經需要點燃爐灶取暖，但週末馬努爾根本不可能生火，不然就洩露行蹤了。就算我買一台小暖氣給他，不管功能有多陽春，太陽能發電板的發電功率都不夠強，沒辦法替暖氣機供電。因此，每逢週五和週六，馬努爾不得不在黃昏時分早早就寢，把自己包得緊緊的，以免受寒。

床墊的問題尚未解決。馬努爾不願把床墊搬上閣樓，因爲他評估過後，覺得自己根本沒辦法把這硬邦邦的玩意兒拖上樓。他就躺在地板上，撐過夜晚。他想像婔姬開始趁著他睡覺時闖入他家，一想到此他就全身麻木，動彈不得。看哪，在破門而入這一點上，嬅姬可是比她的小鬼頭更有手段。她順利進門，來到閣樓，發現一位老兄平躺在地板上，搞不好已經死了好幾年，但說來也怪，屍體居然沒有腐敗。

馬努爾每次都被迫在沒有倦意的狀態下鑽入睡袋取暖。這點讓他煩得不得了。而摩丑族有他們的柴油暖氣機，而且還是遠端遙控開機，好一個玩具。然而，他們爲了扮演闔家樂融融的模樣，爐灶也隨時點著火。馬努爾不是從燃燒的黑煙發現的，而是聞到燒焦的燃料氣味。他們過得還眞爽。

天氣認眞地轉冷了，隨著時間經過，摩丑族在藍色房屋中辦了一場結婚紀念派對和兩場生日派對，還有一場告別單身派對。人人變裝打扮，手持樹脂假老二，混帳到了無以復加的地步，滿口胡言亂語。最終，約莫十二月的時候，耶誕節到了，馬努爾預估他們會放縱到令人驚愕的地步，有的沒有的蠢東西一堆，人人頭戴耶誕老人的帽子，簡直要害人白眼翻到後腦杓去。

那個曾經每日與我愉快煲電話粥的馬努爾如今變得滿腹牢騷。他不斷思考他受到的兩個刑罰（分別是司法判決和鄰居害他受的苦）。某個通電話的星期一，他跟我說了齲齒的比喻。經他深思後，他如今的處境就像是某塊牛排的肉絲入侵他的牙縫，或諸如此類的東西。

一條小肉絲卡在兩顆牙齒間不會痛，不會扎，不會癢，不會讓人感到冷或熱。然而，那感覺實在叫人無法忍受。牙縫卡肉的人會使用牙籤、牙刷或是指甲，手法粗暴，一心想要把肉渣取出來，不取出來絕不罷休。人類學家、心理學家和牙醫師大概已經發現基因記憶提醒我們這個外來的物體是未來牙疼的預兆，要不是舌頭不經意掃到，不然我們也不會察覺。基因記憶告訴我們這個愚蠢的微粒，起初並不會造成傷害，但會在牙齒的齲洞中腐爛，產生有害細菌，最終將導致牙疼，造成牙齒琺瑯質流失。

我們想要把那塊肉渣弄出來，不曉得爲什麼，就算它對我倆造成的立卽損傷爲零，我們還是做了正確的決定。我們出於一股衝動，不理智，但明智，需要把那肉渣挑出來。由於我們天生就會漸進式的責罵，多虧了數世紀以來所累積的經驗和因果關係，我們注意到這塊肉渣卽將造成什麼樣的危險。

摩丑族顧人怨歸顧人怨，但日子還是照樣過，馬努爾老這麼說。他們不對他吐口水，不毆打他，不拿東西扔他，他們根本不曉得馬努爾的存在。然而，馬努爾感覺他得抓起牙籤，把他們從牙齒上剔除，避免哪天他們造成更嚴重的傷害。之前人類學家、心理學家和牙醫師已經有了他們的發現。出於類似的衛生理由，一個無意識的念頭對馬努爾呼喊，要他馬上把那髒東西弄出嘴巴。他應該沒有齲齒，沒有蛀牙，背對這些毛病，沒有這些毛病，必須「消滅這些毛病」。

「人類、心理、牙科醫學」的比喻讓馬努爾之後有了更進一步的思索。

馬努爾認爲，連續觀察摩丑族，只會讓分隔他們的鐵絲網變得更加厚實。根據他的說法，摩丑族有著另外一種秩序，來自另外一個維度。他們有著另外一種色溫，另外一種白平衡，另外一種記憶卡。他們有著另外一種血型。他們的血型和所有血型一樣，非常值得尊敬，以大寫字母分類，但他們的血液在生理上與馬努爾的血液不相容。他們是另外一個支系的人，沒有比較優等，也沒有比較劣等，但他們是另外一個階級的人，一個馬努爾不想被納入的階級，就好比他不想隸屬於沙丁魚、大天使或喪屍的階級之下。

「這是喪屍。」他說，經歷過小小變異和意外事件的個體，與另外一種社群一致的個體。他們有另外一種情緒，另外一種性格，另外幾種習慣，另外幾種節奏，另外的休閒方式，但這差異性之大，足以叫人感到恐懼，覺得需要從他們身邊逃開，以免他們咬人。「他們大概很討人喜愛吧，怎麼不呢？我支持把他們納入憲法。」馬努爾常這麼說。但他必須擺脫摩丑族，因爲他們的處世之道就臨床上來說，差異甚大。

千萬不可以被摩丑族吹氣，只能用棍棒觸碰他們，而且唯獨沒有其他辦法時才可以這麼做。

必須抵禦喪屍，抵禦摩丑族，就像是抵禦一個危險的瘋子。最好把他們藏起來，但由於沒辦法把他們集中在一起的緣故，最好還是在自己的小區域內行動就算了。必須把他們看作是一個人剃頭時所清出來的蝨子，和他們往來時，必須把他們當作是一個在蒙特拉街的門廳內沒來由地想要痛毆你一頓的傢伙。

這是醫囑。但摩丑族依舊在馬努爾身邊。這眞是矛盾得不可理喻，簡直荒謬得有害健康。

20

上門做家事服務的婦人準時完成她每週的工作。十一月中旬，某個星期四，馬努爾起床晚了。他過到不知道日子，以爲那天還是星期三，便在爐灶生了火，打算熱個牛奶當早餐，毫不警惕。等他聽見隔壁屋子傳來聲響時，爐火早已是炊煙裊裊。他發覺自己搞錯哪天是星期幾了，意識到那名女傭正在牆壁另一側忙她的工作。

馬努爾火速在剛生起的爐火上倒水。昨日的灰燼被他這麼一澆，全成了黑糊糊的灰漿，他會再看看要怎麼刮除。他驚愕得動彈不得，啜飲著冷冰冰的牛奶，一點聲響也沒發出來，靜靜等待。幸好他才剛起床，還沒把門窗打開。女傭接下來又工作了半小時，開始收拾打掃用具時，馬努爾把鼻子探出去，確認她準備要離開了。

上車前，女傭做了一件值得留意的事。她把房子的鑰匙放在信箱內。看來摩丑族不希望一個陌生人拿著他們家的鑰匙四處跑，但他們不得不把鑰匙留在薩撒烏里耶，不然女傭怎麼幫他們打掃。女傭身上只有信箱的小鑰匙，能夠打開信箱，取得房子的鑰匙。

摩丑族顯然沒有理由爲鑰匙串留在信箱內感到擔心，更何況還藏得好好的。就是得這麼做啊，不然他們住在荒無人煙的偏遠地區是爲了什麼。隔壁屋子的閣樓內不會有個傢伙在偷窺他們把鑰匙藏哪吧。得了吧，怎麼會發生這種事。

女傭上車，發動汽車，上路。一如往常，婕姬和她的家人那個週末會來薩撒烏里耶，之後再回去他們過來的地方。

馬努爾做了一件事，但事後好幾天才告訴我。他保守祕密，就像是保有一絲絲隱私。打從這些黴菌來到薩撒烏里耶後，他最需要的就是隱私。然而，一如既往，他最終還是和我全盤托出。

藍色房屋並沒有懸掛遠端保全的牌子。摩丑族最終會申請保全服務吧。他們如此著迷於塑膠和電線的玩具，財物的安全被他們擺在第一位。不過，他們仍相信薩撒烏里耶徹底荒無人煙，大概還在看要加入哪間保全公司。

馬努爾把星期一和星期二的時間花在行前準備上。他等待到星期三上午十點左右，確定這天沒有半個什麼工作人員來牆壁上釘釘子掛日曆。

他離開他的巢穴，提著他的ＩＫＥＡ藍色環保購物袋——剛好跟隔壁房屋正面的顏色很搭——帶了一些家當，走過短短幾公尺的路，來到摩丑族的家門前，然後掏出他的螺絲起子，用螺絲起子取下用來固定信箱的四顆螺絲，拆下信箱，將信箱倒過來，搖了搖。鑰匙從它被放進去的同一個狹縫掉出來。馬努爾把信箱裝回原位，接著以文明的方式打開摩丑族家的大門，入侵。

屋內五味雜陳，聞起來有空氣清新劑、冬青樹和燃料的灰燼、整件泛黃的尿布和運動鞋——摩丑族穿這鞋踢進很多球——的氣味，馬努爾差點沒被熏死。

他開始幹活兒，從客廳下手。

他把三個百葉窗的機櫃螺絲拆下，在其中幾個裡頭放了豬肝，在另外幾個裡頭放了豬肺。利多超市賣的豬雜，馬努爾曉得腐爛以後會有多臭。自人類學的角度來說，那臭氣令人聯想到死人，大概會讓我們聯想到死去的親友吧，會嚇得我們魂不守舍，讓我們面對生命的盡頭，面對先祖的死亡。先祖幻想賦予我們生命，最終還是變成殘渣。

有幾個物品特別爲這間屋子的居民所喜愛。好幾台電視機的遙控器，好幾台音響的遙控器，百葉窗的遙控器。馬努爾把它們的外殼拆開，從廚房拿了一瓶可口可樂，把可樂澆到遙控器裡頭，讓電路作廢。之後他把遙控器蓋子組裝回去，小心翼翼地把殘存的可樂倒出來。

他回到廚房，把兩、三個固定在磁磚上的櫃子放鬆，程度剛好足以在櫃子和牆壁之間塞入幾條細細的豬雜碎。這招也是生命的法則，透過生物分解製造惡臭。

馬努爾把流理台水龍頭的濾嘴擰出來。這個裝在水龍頭末端的玩意兒有網格，裝在水龍頭管子上，需定期清理，取出固體沉渣。馬努爾在濾嘴內塞入一個他在食品儲藏櫃中找到的魚湯塊。薩撒烏里耶的自來水滋味令人讚不絕口，被他這麼一搞，嘗起來就要變得跟港口邊的魚市場一樣腥。這股海魚的腥味，肯定會讓他們這些城市佬納悶漁獲是透過什麼途徑送到伊比利半島內陸的。

馬努爾在流理台底下、在地板和牆壁所構成的黑漆漆的二面角上，擺了好幾撮的食物。這些食物並不會散發氣味，但會引來各種動物，例如糖、果醬、蜂蜜。他是從一個食物儲藏櫃拿來這些甜食的，換句話說，這些甜食是摩丑族提供的。馬努爾也放了幾塊壞掉的臘腸，這臘腸不會被人發現，因爲聞起來不太臭，是他自己帶過來的，就這樣大剌剌地擺著，會引來許多老鼠。

他想找個隱密的地方，放一塊吸滿牛奶的海綿。酸掉的牛奶很難聞，但腐敗了好幾個星期的牛奶氣味，那才叫臭得令人抓狂。所謂臭得令人抓狂，意思是那臭氣不只直擊腦下垂體，更對心靈本身造成衝擊。那臭氣會令人不禁納悶，這個世界居然有此等惡臭，眞的要繼續住在這兒嗎？

馬努爾在冰箱底下找到合適的地點。也許摩丑族會在冰箱下找出腐敗臭氣的源頭，他們會翻遍整台冰箱尋找，會把冰箱連同海綿一起拖出來。但他們不會看到海綿，海綿會繼續讓空氣瀰漫著腐臭。

他在屋中找到一包水泥膠，也許是安裝按鍵式百葉窗的工人留下的，令他既意外又愉悅。他把整包水泥倒在廚房和浴室的各個排水管中，石膏粉呈固體狀流了下去。摩丑族不浪費水就活不下去，他們會親手讓水和石膏粉的混合物定型的。他們將是這個礦物質大塞子的共同作者。

馬努爾拿了一根縫衣針，在丁烷瓦斯桶的橘色橡膠管上戳了一個小洞。那條管子連接瓦斯桶的氣閥和瓦斯爐盤，孔洞之細小，肉眼根本看不到，瓦斯的味道會立刻讓摩丑族陷入恐慌，可憐哪！

接著，馬努爾把微波爐、吸塵器和吹風機的外殼打開。天曉得他是用什麼工具幹的。他分別切斷這些設備一根電線，彷彿電線很礙眼似的，然後再把外殼闔上。

他來到鍋爐室。鍋爐室是一個工作小間，位於房屋一樓，存放暖氣鍋爐的加熱設備。熱水爐是義大利的費羅利牌（Ferroli），手機遠端開機裝置就在一旁（那玩意兒叫做「GSM遙控開關」）。摩丑族這些傻蛋，抵達薩撒烏里耶的幾個鐘頭前，透過這個裝置把玩自動儀器，點燃熱水爐。遠端遙控裝置旁是柴油儲存箱，一個白色半透明的水箱，容量九百公升，供給加熱所需的燃料。油箱內只剩一半的柴油。

和一般一樣，油箱擺放在角落，其中兩面朝向兩邊牆壁，讓人一眼望去看不見。馬努爾用鉗子夾起一根細釘子，用打火機加熱釘子的尖端，燒得接近火紅時，拿著鉗子的手伸入牆壁和油箱尾端那面之間，將釘子插入塑膠油箱中，在八百五十公升標記處的位置扎了一個洞。等到摩丑族下次把油箱補滿時，五十公升的柴油就會以涓涓細流之姿從這個小孔漏出來。他們會發現地板上有一大灘黃褐色的危險液體，但不知道到底發生什麼事。他們會把熱水爐關機，忍受寒冷。這剛好可以讓他們清醒清醒。

這麼做會害摩丑族感染潛在的疾病，比方潛伏的梅毒，肉眼不可見的鋁肺症。馬努爾完全沒有用亂棒把他們的屋子敲得稀巴爛，換作是做事不經大腦的惡棍就會這麼幹，把嫜姬搞得心神不寧，逼著她打電話尋求警方協助（馬努爾也該避免這件事發生）。屋內沒有敲打或刀割的跡象，沒有抽屜被打開，沒有窗簾被扯下來，沒有什麼司空見慣的惡作劇把戲。甚至就算馬努爾對某張桌子的腳或電視螢幕下手，不管他怎麼破壞，造成的傷害也是微乎其微。這些舉動跟馬努爾所準備的搞破壞好戲相比，根本就是小兒科。他的手段不會打草驚蛇，不會讓警報器大作，不會害臭條子跑來薩撒烏里耶。他沒有打破東西，沒有把任何東西撕破，也沒有在地毯上拉屎，留下簽名，通常闖入民宅搞破壞的人都會這麼做。

馬努爾的手段是延時毀滅的策略，效果要之後才見得著，會把摩丑族的房子搞成一座叢林，而且他們還完全摸不著頭緒。是被詛咒了嗎？被人下咒了？隨他們愛怎麼想吧，但這場精心策劃的攻擊，預錄好的突襲，往後推延到錯位日期的隔空惡搞，延後點燃的引爆線，定時炸彈，最好統統能夠打消他們過來這兒的慾望。馬努爾發射地對地導彈，要把一切炸飛到九霄雲外去。

他希望攻擊的效果能夠隨著時間一點一點地浮現，希望效果不要馬上產生，省得被他們發現是有人預謀搗亂。地雷埋好了，將會悄然無聲地爆炸。這看起來會像是巧合，是他們漫不經心和長期懶散所釀成的後果，絕對不像是有人刻意爲之。這場好戲的作者十分不明確，甚至看不出背後有始作俑者。而幕後黑手所感興趣的恰好是這一點，他是一個犯罪者，沒有人知道他的存在，沒有任何跡象顯示這背後有個行動者介入。完全沒有東西被推倒，完全沒有匿名的威脅訊息，完全沒有東西被打壞，完全沒有噴漆塗鴉，也完全沒有蓄意搞破壞的痕跡，放眼望去什麼都沒有。一切都像是被施了巫術。

馬努爾執行遠端攻擊的素材簡單得不得了，只有簡單的工具、少量的合成物、要被當作垃圾丟掉的廚餘，換句話說，全是屋子內的器具和設備。他只改造了他託我在利多超市買的沒價值小玩意兒，盡是一些人畜無害的用具、工具和物質（轉化成「武器」），任何人家裡都見得到。甚至連馬努爾家徒四壁的屋子內也找得到這些東西。有些攻擊的素材的確是和摩丑族借來的，他們也出了一臂之力，眞是令人爽快。不過，除此之外，馬努爾只需要一般的物品和調製品，便能夠發動攻擊。再加上他那把名聞遐邇的螺絲起子。他向來把螺絲起子帶在身上，螺絲起子眞的成了他的魔杖。

房子內沒有留下任何遭人入侵的跡象。馬努爾精確得有如比例尺，我想他是不可能會留下任何痕跡的。不過，就算他不小心打破什麼東西，那東西也會消失得一乾二淨。婥姬大概會發現哪兒不對勁吧，會以感染全家人的尖叫聲發出警報，但等她檢查房子，確認房子仍完好無損、所有物品仍在原位後，心情又會鎮定下來。損壞的東西可能是風惹的禍，或哪隻瞎了眼的貓頭鷹撞的，或可能是某隻狂奔的伊比利獅搞的，或者可能是諸如此類的野生動物所發動的任何攻擊。婥姬會把物品損壞的責任莫名其妙地推給大自然，她會責怪最後一批拜訪的客人，責怪命運變化莫測。馬努爾沒有留下他存在的跡象，眞是太好了。

21

馬努爾繼續上到二樓，迎面碰上兩間浴室。他把浴室水龍頭的嘴轉鬆，在幾個出水管內塞了一小塊肥皂，在另外幾個出水管內放了從他家牆壁上扒下來的灰皮碎片（「這水是石灰水」，也許哪個天眞的傢伙會如此解釋）。摩丑族家廚房的水嘗起來有鯖魚的腥味，大人會禁止大家喝廚房的水，但到時候他們會發現樓上的水喝起來味道像是浴缸和牆壁。

他從南半球出版社文庫中挑了八到十本最無聊的文學書，在馬桶內扔了兩本，一沓一沓地慢慢塞，讓紙張慢慢沖下去，沒有從馬桶洞口露出來。他也往裡頭扔了幾顆石頭，助紙張一臂之力。田野如此慷慨，石子要取多少，便有多少。

他把在五金雜物盆內找到的一根長釘子伸入浴缸的排水孔，感覺觸碰到了東西才停手，用他的「印第安戰斧」的背面敲了釘子頭一下。他無法確認自己在排水管內鑿出多大的洞，但根據敲打發出的聲音判斷，鑿穿的裂口肯定不會大得過頭。這意味著幾天或是幾週後，看到時候新的裂縫有多寬，廢水會從排水管一滴一滴地滲漏到客廳天花板上。漏水大軍會派出死水臭味打先鋒部隊，煎蛋形狀的大汙斑步兵團率先開火，最終壁癌炮兵團將發射剝落的灰泥，漏水騎兵團發動如雨點般的攻勢。

馬努爾來到臥室。許多間臥室中有存放床單的櫥櫃。他用美工刀在床單上簡單割了幾刀。隨著時間經過，以及摩丑族就寢時把腳伸進來後，會讓他割出來的切口變成很大、很大的裂口。

雞蛋壞了一個星期後，聞起來可不像剛煎好的馬鈴薯烘蛋。馬努爾隨手打了十顆蛋，把雞蛋倒在幾個衣櫥的上層板子上。衣櫥短期上了漆，但長期臭氣熏天。他也把蛋液倒在暖氣片後頭，之後把滴到地板上的蛋汁清理乾淨，省得被人看見。在暖氣加熱的作用下，這層惡臭的效果最爲顯著。

馬努爾走到主臥室的陽台，把欄杆的固定處放鬆。摩丑族必須要非常愚笨，才會沒注意到欄杆有些鬆鬆搖搖的，才不會想說站遠一點，避免摔下樓。不過，他們是眞的蠢得無可救藥。

馬努爾陸續找到幾個牆壁插座，他把一個計算長度的「馬努爾計」小木棒插入壁插的孔中，等摩丑族要插電時，會被氣瘋。到時候，那個拿著磨砂機鑽頭的老頭子開始上工修繕東西時，會被電得七葷八素的。光是想像，馬努爾就很開心。

他用鉗子夾斷電錶的封條。摩丑族就自己想辦法應付電力公司吧。

馬努爾好好利用了八月我透過速屋快遞寄給他的捕鼠黏膠。那時候他幾乎是才剛來到薩撒烏里耶呢。捕鼠膠好幾個月都不會失去黏性，誰的手摸到了，就絕對淸不掉。他把黏膠擠在眼睛看不見的地方，比方門的把手、單車把手、水龍頭，在幾件大衣的扣眼口袋內也擠了一點，整條黏膠幾乎都被他擠光了，因爲他已經習慣田間的老鼠，不怎麼在意。就算要抓老鼠，他也還有一條全新的黏膠。

我先前想像馬努爾爲孤獨所苦，便寄了口香糖給他，想要逗他開心。他一口氣吃了五片口香糖，然後找了幾個門鎖，把一些口香糖塞進鎖頭內。口香糖會變硬，他塞到深處，以免被發現。或者說，以免被這些蠢蛋看見。

馬努爾找到幾個備用的手機充電器。這些充電器被放在薩撒烏里耶，以防他們的主人把常用的充電器忘在馬德里。馬努爾把充電器泡入水中，然後將其外表仔細擦乾。

接著他來到屋頂，把二十來個瓦片翻了過來，接下來的事就交給陰雨綿綿的秋天和白雪茫茫的冬天了。他有許多多餘的利多超市和普萊卡量販店的塑膠袋，在他家中堆積如山，他不曉得該怎麼處理，這會兒他把塑膠袋揉成一顆大球，扔進煙囪內，自外頭把煙囪封死。他捶了塑膠袋球幾下，把球揉得密密實實的，扔進煙囪後，又在空隙間塞入更多塑膠袋，他的無機垃圾庫存何其多，反正也不知道該扔到哪裡去。

馬努爾來到簷溝旁，將更多他讀完後沒有愛上的書本塞入排水管的洞口。屋頂匯集的雨水會慢慢把紙張變成軟爛的紙團，堵住排水管的咽喉，誰也不會看見。紙張會變成一團紙漿球，害排水管胃痙攣，將所有試圖吞嚥下肚的水全吐出來。

他回到地面，把一般常見的鹽巴——刷牙漱口用的那種鹽巴——倒在院子內，倒在摩丑族在某間量販店買來的附有花盆的愚蠢植物上。沒有人理睬這些植物，彷彿它們是出於強迫才被買下的。他得行行好，幫助這朵花自殺才行。

馬努爾拿了幾個沒有蓋子的玻璃罐，在樓下的浴室找了一條毛巾，把玻璃罐擺在毛巾上，然後包成一小包，在地面上敲打了好幾下。玻璃罐碎成千百片細小的碎片。他來到小鬼頭踢足球的院子，在草地上抖了抖毛巾，把玻璃碎片撒得到處都是。

他回到浴室，把毛巾掛回毛巾架上。毛巾上沾黏了看不見的玻璃粉塵，肯定也會造成傷害。離開浴室時，馬努爾注意到一個他先前沒看見的物品。那是一個放捲筒衛生紙的架子。衛生紙架內有個電阻器，透過一個開關啟動，提供符合人體體溫的衛生紙。馬努爾看傻了眼，但沒有對它動手。

他認爲他的拜訪到一個段落了，便準備離開。我們倒是看看馬努爾，他沒有趁這次上門偷摸走食物、床單和家庭用品。他的手那麼巧，但他也沒有趁機揩油，比方把某個插座翻到另外一面，提高他家的電流功率。他根本連想都沒想過。他什麼都有了，不需要多餘的東西。

此外，馬努爾打從心裡感到快樂，因爲他履行了偉大的戰略格言：「一半的勝利是因爲敵人不曉得你就是他的對手；完整的勝利是因爲敵人根本不曉得你的存在。」

時間正值秋天。發起作戰行動的那個星期三，鳥巢被摧毀掉的燕子大概不在薩里耶，那時候牠們已經遷徙了。春天，牠們回來時，也許非遷徙型的物種會告訴牠們隔壁屋子的少年都布下了什麼局。目的：復仇。

馬努爾在屋內巡了最後一圈，確保沒有留下任何看得出他曾逗留於此的痕跡。他不疾不徐地檢查屋子，不把這件事當作是工作，花了許多時間觀察摩丑族的地盤內部到底是什麼模樣。他發現一堆看了令人發暈的垃圾，盡是一些狗屁倒灶的東西。其中有一部分是摩丑族的書本。適合情人節讀的文學書、由影子寫手撰寫，但掛上電視明星大名的作品、根本救不了他們多少的自救書、外星人小說，與聖十字若望的著作、印加人、火星人和電子語音現象混雜擺在一起。典型失心瘋胡亂買書的書架，要是今天是十六世紀，書架上大概會被他們擺滿騎士小說。

搞不好哪天摩丑族會開始感受到馬努爾剛埋下的地雷的威力。到時候，他們這些相信靈異現象的呆頭鵝會把種種現象歸咎於某種巫術的詛咒，或者某個淒慘的幽魂賴在屋裡不走，使用某種遠古鄉村的妖術，陰魂不散，讓這間屋子陷入詛咒。重點在於替發生的一切尋找解釋，就算是向陰間尋求解答也罷。結果，這些巫術不過就是一位焦躁的鄰居的惡搞。這傢伙跟什麼鬼魂的一點關係都沒有，他用兩條腿走路，還搞了枝汽車雨刷，背後癢的時候拿來抓癢。

走廊和房間內有幾尊眼珠子明淨的耶穌受難像，以及打扮民俗風的聖母像，還有十字架和聖牌。摩丑族收集這些玩意兒，但他們週日可是從未花過半分鐘去望彌撒。若說誰能夠證實這一點，那人非馬努爾莫屬（除了全知全能的上帝以外），除了裝飾牆壁，他們根本懶得理睬上帝。不守教規的天主徒，信奉羅馬的信仰，犯下彌天大罪。他們在超驗這方面言行不一，他們的愚昧有如慢慢滲出的焦油，形成汪洋一片，誰碰上他們這些專靠嘴上功夫的使徒，都感覺像是在航海。

客廳的書架上擺滿了從全國各省買來的生殖器造型的小紀念品，以及許多張全家福照片。其中有一張相片特別醒目，相片中嫜姬一手撐著比薩斜塔。夠了。這眞是不折不扣的摩丑族行爲，根本就是噁爛旅遊的國際憑證。大概也有人拍過一樣的相片，而且現在正在閱讀這段文字。哇勒，若冒犯到你，還眞是對不起，但請別碰我。

馬努爾離開摩丑族的屋子，把鑰匙放回信箱內，回到他的巢穴去，梳洗了一下——一如往常沒有使用肥皂——鎮定情緒。然後他點燈閱讀了一會兒。這天還是星期三，他仍能夠縱容自己打開電燈。

22

馬努爾度過星期四，這天一如既往，伴隨著女傭打掃時發出的吵鬧聲。他布好的局透過緩燃導火線引爆，要期待有什麼明顯的跡象，還為之過早。但馬上就要星期五了，他又興奮了起來。等摩丑族回來後，馬努爾週末所聽到的每一道尖叫聲，肯定都是他設的陷阱幹的。這樣他比較能夠忍受這些傢伙。

一如往常，摩丑族一家人於星期五下午六點鐘抵達，然後星期天閃人。然而，馬努爾什麼都沒聽到。他拎著IKEA藍色環保購物袋所幹的入侵行動的確很棒，太精采了，但這次進攻看上去顯然是沒有造成具體的效果。

摩丑族那個週末大概沒有微波爐可用，飲用了水龍頭流出的水後，大概把牆壁灰漿奶昔雜燴湯喝下肚了。然而，幾天之後真正厲害的攻擊才會發動，惡臭的微生物才會殖民豬肉灌腸和牛乳，被封死的煙囪才會把整間屋子搞得烏煙瘴氣的。幾個星期之後，柴油的油罐車來補油時，柴油才會透過儲油槽上的小孔流得滿地都是。等摩丑族躺上床時，他們赤裸的腳趾頭才會把床單扯破。幾個月之後，一片潮溼的吊頂才會裝飾上天花板，水力發電裝置才會告訴他們神聖的封條被人亂動過了。至少要等到夏天來臨，那些小鬼頭才會再次赤腳在院子裡玩耍，腳丫子才會和馬努爾撒下的玻璃邂逅。幾乎所有的一切都會延後。

就算這個下午舉辦了意外事故大閱兵，馬努爾也什麼都看不到。那個星期五他已經錯過了摩丑族在水龍頭前感到噁心的怪表情，以及他們發現家電用品的電路陣亡時的焦躁表情。除了稍微報復和宣洩怒火以外，馬努爾感覺他搞的破壞並不會顛覆世界。這點最糟了，他所鋪設好的一切並不代表他能夠脫離這片苦海，那些無惡意的災難是如此輕微，並不會把這些王八蛋趕出薩撒烏里耶。

又是星期三。早晨在陰影處冷得天寒地凍，在陽光下則是溫暖宜人，伊比利半島內陸萬里無雲的秋日經常如此。馬努爾精心策劃的一切一點兒用處也沒有，他的怨氣完全沒有獲得平息，令他感到惶惑不安。好一個浪費時間。他前進了幾格？沒半格。他來到院子，面向太陽。太陽有如省議會在它的管轄區域內安置的公共火爐，驅散寒意。馬努爾晒得全身骨頭暖呼呼的，勾起他的回憶。打從一個星期前他便如此，感覺到一絲絲的暖意時，他會回想起在藍色房屋的浴室內看到的東西，回想起他撒完玻璃碎片後，把毛巾物歸原位時所看到的那玩意兒，那個內含電阻器的捲筒衛生紙架，那個有加熱功能的衛生紙架，那個可調節溫度的衛生紙架，那個衛生紙架。這玩意兒在他心頭縈繞不去。他回想起那裝置有多愚蠢，脊柱神經像是冒出根莖，難受得不得了，再次確定即便設下了那麼多陷阱，他所做的仍舊不夠多，簡直荒唐。

馬努爾突然衝進屋內，拿了幾樣東西，和上回相比這次拿的東西算挺少的，然後跑去摩丑族家的信箱，重新把信箱拆下來，把信箱翻過來，倒出鑰匙，接著再把信箱鎖回原位。同一週第二次進入摩丑族的屋子內。他徑直來到鍋爐室，這次他的目標不是儲油槽，而是直接對熱水爐下手。他把熱水爐正面的外罩取下，接著拆下點火器保護框的蓋子。和他去綁架太陽能發電板的那個晚上一樣，馬努爾儼然像是個工程師，比起馬德里，這個荒無人煙的小鎮有更多他能夠發揮專業的地方。

他組裝了一個東西，將被他拿來當作引爆裝置。他的捕鼠黏膠還有一整條沒用完。他拿了四根火柴，反插進黏膠軟管的開口。捕鼠膠和所有黏膠一樣，極其易燃，但不會蒸發，也不會乾掉。火柴自塑膠軟管探出頭。馬努爾取了一段絕緣膠帶——之前我替他宅配的那卷膠帶，用途妙無窮——把改造過後的黏膠軟管固定在點火器的燃燒管上，火柴的位置距離點火器的金屬框只有一公分之遙。接著他用他的鋸齒刀，在其中一個柴油油管上劃了小小一刀，割出一個一毫米的裂紋，大小剛好足以讓柴油滲出。

馬努爾拿出另外一條捕鼠黏膠。這條黏膠已經用得所剩無幾了，他用剩餘的量拉了一條絲，連接火柴引爆裝置和方才割破的油管，接著拿他最鍾愛的螺絲起子，把熱水爐的外罩鎖回去。一切恢復原狀，至少從外觀上看起來和他剛來時一樣。

時值十一月，氣溫逐漸下降，一月氣溫將來到最低點。熱水爐必須越來越賣力運作，才能維持水溫二十五度。嬅姬大概只接受二十五度的室溫，對她而言大概只有這個溫度才稱得上舒適。天氣轉冷時，熱水爐得燃燒更多柴油，燒水時間加長。若嬅姬自手機設定的溫度和室外的溫度差異甚大，若熱水爐得彌補這個巨大的溫差，那個點火器高功率運作，在熱傳導的效應下可能會點燃火柴。

馬努爾計算薩撒烏里耶田野間的零下氣溫，再加上嬅姬在手機鍵盤上敲敲打打，會導致熱水爐的熱力擴散，冒出火花，捕鼠黏膠也將被烤得通紅。火焰透過連結火柴和油管的黏膠絲線延燒到破裂的油管，將在那兒越燒越旺，因爲位置距離儲油槽很近，勢必會引發一場大火。除非今年一整年伊比利半島都是炎炎夏日，不然馬努爾可是剛在藍色房屋布好了火種。就跟他種好了又不得不統統拔掉的南瓜一樣，閃耀著橘色的光芒，有如火焰。

柴油儲油槽的油量已低於一半。但這存量還是太多了，足以讓半個薩撒烏里耶陷入火海。然而，存量很快就會下降，畢竟這家人的所有需求都跟熱能有關。照他們這個速度使用下去，這場火災的範圍不會超出藍色房屋。

鍋爐室距離馬努爾的地盤很遠。但要是火勢波及他的巢穴，他會視爲一場小災難。摩丑族總是在抵達前數小時便遠端點燃鍋爐，就算天氣冷得天寒地凍，也不會有人員受寒，溫度也不會熱到像是要把人火葬燒了。

馬努爾回到他家，順手把鑰匙放回信箱內，以防明早女傭找不著。他睡了一覺，起床。這天是星期四了。下午，確定附近無人徘徊後，馬努爾決定去砍點柴。和替老外上課一樣，和整理居家環境一樣，這陣子他沒有心思伐木，因爲與摩丑族共同生活，害他沒有興致做任何事。這天，喝了點燉牛奶湯當下午茶後，他打起精神，拿起斧頭，開始在廚房內把一根木材劈成段，邊砍邊思考。打從前一天、打從鍋爐行動的那天開始，他便無法停止思考。

他認爲自己所做的一切太過頭了，這個想法令他感到心神不寧。然而，他征討了兩次，事實上是第二次討伐讓他的心情五味雜陳，讓他感覺自己做了有趣的事。這才叫做行動，而且是有效果的行動。不痛不癢的小意外還可以忍受，還有解決辦法，是戰勝不了這群喪屍的。馬努爾幹得好。

這時，馬努爾搖搖晃晃地，開始幻想摩丑族一家的女首領根本不曉得接下來有什麼好戲在等著她。嫜姬會在她的手機上敲敲打打，將她的音樂傳遞到鍋爐室的觀眾席。火花會孵化成爲火苗，火苗越長越大，把東西包裹起來，烈焰之吻湊向《你好！》八卦雜誌，湊向從電視購物頻道買來的破爛東西，湊向裝狗大便的塑膠袋，湊向他們從來沒有使用過的自動煮菜機。就這一點而言，馬努爾又重新相信他的縱火機關設置得眞是好。

問題在於他又開始思考他的火焰噴射器是不是太過分了，以至於他的幻想改變方向。他不曉得自己做得是不是過頭了，開始感到內疚，又開始考慮等到星期一時，要進攻鍋爐室，把他的機關拆下來，用普通的方式使用捕鼠黏膠。他原本打算大鬧一場，但他的惡作劇或許過頭了，或許是在犯罪。這會兒他又想要把設置好的一切全拆了。

然而，馬努爾回想起摩丑族的書櫃，回想起他們假惺惺的虔誠，回想起他們的吵鬧和他們所收看的垃圾節目，回想起那個該死透頂的捲筒衛生紙架，然後頓時有一股慾望想回到鍋爐室，把引信湊得更近一點，減少溫差，並藉此減少等待時間，因爲距離天氣變得嚴寒還有很久。他心中那股內疚的感覺漸漸消散。不過，之後又會再次浮現。

馬努爾在這件事上天人交戰，一下踩油門，一下踩煞車，來回比較優缺點，諸多疑慮湧上他的心頭，整個人被搞得滿頭衝勁，卻又拿不定主意。揮舞斧頭時，廚房的門被人打開了。斧頭還在半空中，還沒劈下去，他轉動脖子，看見開門的人。

那人是嬅姬。嬅姬聽見隔壁屋子內傳來聲響，便心懷恐懼地闖入瞧瞧。這天是星期四耶。她在這裡做什麼？馬努爾怎麼會沒聽見她進門？發生什麼事了？

馬努爾嚇得驚慌失措，手臂上所積蓄的力道一下子砍偏了，他的「印第安戰斧」重重地砍在他的右邊腓骨上。這一下力道很強，積蓄的威力可以把木材劈下好一大塊。他砍了自己的小腿一下，腿上的肉被削了一大塊下來。

這一砍把馬努爾嚇壞了，皮開肉綻，骨骼斷裂，他怎麼能夠不被嚇壞。他的小腿肚上出現一道前所未見的切口，從來沒有傷成這副德性。腿看上去像是平方根符號一樣，像是一個缺了一半的方盒子。他嚥了嚥口水，咬緊牙關。

而方才抵達現場的嬅姬站在他面前。嬅姬來的時候就已經夠害怕的了，但馬努爾的傷勢放大了她的恐懼，更別提馬努爾的尖叫聲高了三個音階。

一直以來，我和馬努爾都預想好發生嚴重事故時該怎麼辦，比方現在這種情況。他會違反他的噤聲守則，打電話請求支援，不然就是會打電話給我，然後看他要我去找誰協助，不管那人是誰，我都會照辦。我倆不得不打破地下生活的祕密，把某個第三者牽扯進來。我趕過去的同時，不曉得馬努爾還得忍耐幾個小時。他大概撐得住吧，但已經沒有時間了，現在也不是時候硬撐。他無法拒絕嬅姬伸出的援手，另一方面，他迫切需要支援。

嬅姬帶了兩位女兒、一位女婿還有其他一些人，大概五至六位一起過來。一行人入侵馬努爾的家。以往是馬努爾暗中監視他們，如今變成他們注視著他，第一次正眼直視地觀察他。近距離的摩丑族看起來更糟糕。他們開了好幾輛車過來，大可以送被砍傷的馬努爾去醫院，但嬅姬的援助很吝嗇，她打電話叫了一輛救護車，還說什麼他們買了一條嘉鱲魚，那晚要烤來吃，要是放到隔天再處理，味道就走樣了。然而，救護車大概還要半個小時才會抵達。馬努爾都在嬅姬家中布下了那麼多陷阱，也沒辦法當面指責嬅姬懶得送他去醫院。不過，嬅姬眞的是一條懶豬，而且是只能拿來做難吃的豬雜碎灌腸的那種豬，牠的豬皮吃了可是會害人胃灼燒難受。希望哪天這個肥臀女可以變成一隻眞的喪屍，希望她被人挖出來的時候是渾身膿包，眞的膿包，不是隱喩上的化膿，希望別人救助她的時候，也會跟她今天一樣小氣。

摩丑族拿了一件T恤，替馬努爾綁在切口上止血。救護車要一會兒才會到，他們必須說點什麼，打發這段等待的時間。很難想像馬努爾和他們之中任何一位有往來，更別提他聊天的對象是薩撒烏里耶新一代的統治者，以及她旗下的議會代表團。反觀馬努爾，他的腿只差沒被剁下來，血流如注，褲腿被鮮血染紅。他們盡可能找話題聊天，說馬努爾最好不要亂動啊，問他哪裡有乾淨的換洗衣物，要讓他帶去醫院，說看看醫護人員到底到了沒啊，問他痛不痛啊，說家裡有痠痛噴劑，問他需要嗎。嬅姬震驚得渾身麻痺，大概在納悶這小子是從哪兒冒出來的，看上去像是鄰居，但衣衫襤褸，像是戴著降落傘被人扔了出來，手裡還拿著一把斧頭。

嬅姬說傷者需要攜帶證件，因爲一到醫院就需要馬上出示。她怎麼就不能閉嘴呢？

想到馬努爾如何藏匿證件，如何拒絕交出證件，著實令人心痛。他曉得他的證件這會兒已變成登機證，帶他直達牢房。他假裝想不起來把證件放哪去了，演技只能用笨拙來形容。所有人開始找起他的證件。馬努爾的屋子如此空蕩冷清，家徒四壁，眾人不一會兒的工夫便找到他的證件了。證件在一個抽屜內，收在被馬努爾擱置超過一年多的皮夾內，裡頭還有駕照，以及人間蒸發那天他隨身攜帶的七十五歐元。一如往常，馬努爾的手機放在他那件萬年大衣的一邊口袋內。

馬努爾的腿很疼。熟悉的衣物上沾染了黏糊糊的紅色液體，十分嚇人。但他想著要不了多久的時間，抵達醫院後，他便會被迫出示證件。這念頭折磨著他，讓他急得像是熱鍋上的螞蟻。跟這相比，什麼疼痛啊衣服染血啊什麼的，都不算是什麼問題。

他會被送入急診，會被詢問一大堆個人資料，辦理入院時，等於是要把他逼入絕境。他隱姓埋名好一段時間，這會兒親屬關係、身分證字號、稅務識別碼、戶籍號碼、Rh血型和基因圖譜都會被一一記錄下來。他得高聲報出他的身分證字號，就像是彩券開獎報號一樣。如果有人在找他，那他被找到了。換作是別的情況，他已經腳底抹油開溜了，但他的腿跑不動，也沒辦法亂踹，沒辦法保護自己不被維持社會治安的武裝單位逮捕。馬努爾的處境簡直就像是遞出降書，他的雙手已舉得高高的了。

救護車抵達薩撒烏里耶。醫護人員把受重傷的馬努爾固定在擔架上，替他把家門鎖上，然後出發前往T鎮，距離最近且具備醫療設施的城鎮。嬅姬沒有忘記把傷者的皮夾交給醫護人員。

他們抵達醫院。馬努爾的證件被扣留在辦公室，塡寫掛號單。他直接被送進手術室。馬努爾放棄使用肥皂洗澡已久，但護士小姐替他脫光衣服時，顯然並沒有做出什麼噁心的表情。這點大概證明了停用沐浴產品不只不會讓體味變濃，反倒是會消除體味。

醫療人員替馬努爾的腓骨動了手術，並替他上了石膏。他腿上的切口傷勢很嚴重，導致他必須在醫院內待個二至三天。他被分配了一間病房。

我整整一天沒有馬努爾的消息，他無法接聽我的每日來電，原因再明顯不過了。最後，他終於接了我的來電，把事發經過和我全盤托出。我聽著聽著就哭了，之所以落淚，不是因爲他骨頭斷了，或是因爲他大出血，而是因爲我感覺我爲了把他藏匿起來而如此謹愼，再謹愼也都是以失敗告終，眞令人難過，要知道我可是十分愼重的說。

這一切都是拜嬅姬這個掃把星，以及她麾下那些討厭鬼所賜。他們這群喪屍，懂得施加魔咒，有本事把馬努爾親愛的斧頭變成他的敵人。他們是卡在牙縫間的肉渣，必須把他們挑出來，不然牙齒會全部蛀光光。必須逃離他們，把他們隔開，設法不與他們接觸，因爲跟他們聊天是何等乏味，馬努爾當時就這麼說了。如今，爲時已晚。

我跟馬努爾說我有意搭第一班火車或客運，前往T鎮，但他拜託我別去，要我別舟車勞頓，還不如把時間和力氣拿去找個律師。今天下午我便開始尋找，這時間點也眞夠爛的，星期五下午，最好是找得到律師。

我打了不曉得幾百通電話，回電給我的，屈指可數。我接到一通電話，對方的發話號碼我聽都沒聽過。這很正常，因爲人家可是四處查案。我接聽，希望找到的是一位願意接我案子的律師。用手指按下接聽鍵時，我感覺自己做了最壞的打算，內心不禁思索，現在法律和警方的方面都還很不確定，也許這通電話不是打來提供協助的。然而，這通來電不是司法人員或警察打來的。好死不死，打電話來的人是婕姬。

23

婕姬作了自我介紹，向我解釋說她之所以有我的號碼，是因爲馬努爾被斧頭砍傷的那天她自願替他通知需要通知的人。馬努爾遞給婕姬他的「智障型手機」，而手機上顯示的是我的電話號碼（事實上，他的手機上也只有我的號碼）。婕姬用她的手機記下號碼，好馬上與我聯繫，剛好這時候救護車到了，她便延後打電話給我，因爲那時候她還有很多事要忙，一方面要照料他們全家大小，另一方面是要料理嘉鱲魚。

後來有一天婕姬意識到，這消息都已經過很久了，打電話通知我也沒有意義。她大概是認定馬努爾的傷勢已痊癒許多，搞不好已經自行聯繫親朋好友了。她假裝打電話關心馬努爾的身體狀況，但明顯看得出來她眞正的目的是想要調查這名不速之客是何方神聖，衣衫襤褸，在她家隔壁砍柴，而且她完全不曉得這人是誰。

馬努爾實質上已經算是出庭了。他的個人資料在政府各部會之間流傳，而他不得不裝作一切正常，對所發生的一切隻字不提。然而，他必須假裝，行動得像是一切再普通正常不過。

正如我所預料，嬅姬發問的方式不疾不徐，看不出來她心緒不寧。

「那孩子眞可憐，傷得好重呀。他是誰呢？」

我竭盡所能試圖裝出一派輕鬆自然的模樣，開始道出實情，說他是我的外甥，叫做某某某，是馬德里人。嬅姬遲早會問我這小子在那兒做什麼。我一邊說明，一邊在心中擬定一個有說服力的答案。

我會說馬努爾去郊遊，說他拜訪廢棄村莊，並在某家報紙的旅遊版上撰寫文章。

嬅姬繼續照著我所預料的方向追問下去。她還以爲我沒注意到她拐彎抹角，其實是想要套我的話。

「在薩撒烏里耶居然會遇到人，好意外啊！他是剛好經過這裡嗎？」

啊哈，對此我已準備好一套說辭，照著劇本說就沒事了。但我辦不到，馬努爾對這片土地的愛感染了我，我任由這份情感牽引著我，忍不住說了謊，一個十分眞實的謊。

「不，那間屋子是他的。」

我差點補上一句「拿妳跟妳的房子相比，他還比較像是他房子的主人，臭婊子」。

我繼續胡扯下去，用更多的謊圓這個謊，內容錯綜複雜，以後再慢慢釐清吧。也許我這麼做是大錯特錯，但除了順水推舟繼續鬼扯下去，也沒有其他辦法。我又撒了幾個謊，從故事的最最一開始說起。

「房子是他過世的爺爺的，大門深鎖好幾年了。」

我這番說詞會害死我自己，因爲全是謊話。不過，我能給出的解釋，又有哪句話不是謊言呢。我賭了一把，我相信嬅姬不會跑去地政事務所確認房子所有權掛在誰名下。我靈光一閃，突然想起一件事，這幫了我一把，對我大大有利。嬅姬跟她的先祖都不是薩撒烏里耶本地人。馬努爾第一次看到她那天，她是跟一位不動產業務一起來的。這點大幅縮減了她逮到我捏造謊言，然後打臉我的可能性，就怕好死不死那間房屋的屋主其實是某位於一九六二年出席過她的領受聖餐儀式的先生。選定謊言的路線後，我別無他法，只能夠祈求命運之神保佑，賭上我所有的籌碼。

我在腦海中構思了一個臨時解決辦法，扯出長輩的恩恩怨怨，以及被棄置的遺產，說姪子姪女兒媳婦曾孫曾孫女什麼的全分散在世界各地，根本聯繫不上他們，有些人對這一切漠不關心，另外一些人則是覬覦這一切。我刻意不好好說明整起事件，讓最會調查的人也打消調查的念頭。重點在於要讓嬅姬暫時放過我們一馬。

事情發展得還算不錯，得做個了結。嬅姬想偷偷套我什麼話，我都一五一十地給出解釋，甚至在她開口之前我就自己說明了，讓一切聽起來更爲眞實。

「那是他第一次拜訪薩撒烏里耶，好慘的處女秀。」我這麼說，是爲了說明他們之前爲什麼都沒有碰上馬努爾。

「他週末上班。」說明馬努爾怎麼會是週四那天跑去鄉下。

「我星期二帶他去薩撒烏里耶的，原本打算星期五再去接他，讓他準時去上班。」說明爲什麼除了停在棚子內那輛破車，周遭沒有其他汽車。有誰會開這種車啊。

「有您們住在隔壁眞好，那小子過得可孤單了。」說明馬努爾很高興有鄰居，說得我嘴巴灼熱。

「鄉間生活眞的超讚的，在那兒想穿什麼，就穿什麼，誰也不會有意見。」說明嬅姬遇到馬努爾時，他一身破破爛爛的，原因爲何。

馬努爾被斧頭砍傷的那天，嬅姬一定看見他家中有相當分量的家當。以一個只有週二到週五待在那邊的人來說，也許算是太多了。接著我意識到她大概沒看見馬努爾這幾個月以來累積的個人物品，物資極其匱乏的這幾個月。他的物品量，大概就跟正常人半個星期所累積的量差不多。我頓時感到安心。

我倆沒有多談，最後祝彼此萬事如意，便掛上電話。我不曉得我的滿口謊言是否說服了嬅姬，還是我從頭到尾都像是個不折不扣的大白痴。要是這樣也太扯了，居然在這些臭三八的女沙皇面前表現得像是個白痴。

星期六上午，馬努爾入院三十六小時後，身分暴露一天半後，當局依舊尚未露面。

馬努爾推測警方純粹是出於對殘疾人的同情，出於最基本的憐憫，才延後行動，才沒有在他重傷住院的這兩天逮捕他，避免讓他的骨細胞的不適感升級，也避免他的腿餘生都變成M型。然而，馬努爾中午兩點取得出院許可，仍感受不到警方有意逮捕他、歸罪他並指控他的意思。

要是最後警方以那個夏日午後在蒙特拉街發生的事爲由監禁他，那再去想什麼鄰居或其他事情也沒有意義。他會把薩撒烏里耶換成國家監護，然後去死。

然而，公民自由的保姆好似尚未決定要對馬努爾下手。這意味著他有一絲機會能夠回到他的村莊，忙他的快樂活兒，回到他那神祕的私密空間，但承受著一股斷然明瞭的恥辱。

斧頭砍傷的事件後，摩丑族等於是做了自我介紹。如今破冰了，接著他們會帶著葡萄酒來找馬努爾結拜，之後馬努爾就得過上被他們纏著不放的生活了。鄰居，你好，腿還好嗎？今天我們傍晚才會到，你可以幫我們接待過去那兒的一家人嗎，他們很可愛的。鄰居，你好，過來一起喝一杯吧，把這個耶誕老人的帽子戴上，現在可是在過耶誕節耶。鄰居，你好，今天可以麻煩你幫我顧小孩嗎，我們想要打炮，想要一路搞到晚餐。鄰居，你好，你說你希望我們家孩子不要鬼吼鬼叫的？沒門兒，我們可不能阻礙他們的情緒發展。

實際上，馬努爾的心中依舊想著事情會走向他預期的變化，和摩丑族談過話，意味著開始和他們一起「生活」。腓骨裂開，也等於是害他替這群喪屍開了門。這比刑事的威脅還要糟糕。而出於某種原因，刑罰尚未兌現。

嬅姬拒絕開車載馬努爾去醫院，就這點來說她的確是沒有什麼同理心，但馬努爾也沒辦法要求她，畢竟他在嬅姬家中布下了鋪天蓋地的惡作劇，有魚湯，有會刺傷人的玻璃碎片，還有紙團的塞子。而事實上也是多虧了嬅姬，他才受到妥善的照料，沒有吃太多的苦。這份感激令馬努爾調整心情。嬅姬在一個利多超市的塑膠袋內替他放了幾天的換洗衣物，還有牙刷，諸如此類的生活用品，令馬努爾感激不盡。

這時，馬努爾回想起他設置的柴油榴彈。他跑去改裝摩丑族家的鍋爐加熱器，不過是三天前的事，但他感覺好像已經過了整整一年，回想起嬅姬所提供的援助時，他總會思索他的炸彈會不會做得太過分、太誇張了。馬努爾開始感到一股衝動，想要打亂他的計畫，這麼做是出於一種友愛的情感，也許是他的頭腦恢復正常，也許是醫院強迫他服用的鎮靜劑安撫了他的情緒。

他思索要如何動手毀壞那個機關，要如何破壞自己搞好的破壞。若那名女傭繼續把鑰匙放在信箱內，那麼週一到週五上班日他隨時都可以進到屋內，動手把各個零件恢復成被他改造前的原貌。然而，嬅姬非常有可能已經禁止女傭把鑰匙放在老地方，因爲現在他們隔壁多了一位陌生人，而且他的聯絡人——在下我本人——說話很沒有說服力。

如此一來，馬努爾必須在藍色房屋有人的情況下拆除他的引爆裝置。他會找個星期六去找婵姬，會找個理由拜訪她家的鍋爐室（「你們家的鍋爐是哪一種呀？加熱功率如何？」）。然後他就掰不下去了，他不曉得該如何接下去，才能夠獨自一人待在點火器前。他想像的對話十分不合理，根本不可能發生。「婵姬，我要稍微碰一下妳的點火器，幫妳調整個幾下，之後排出的黑煙聞起來會跟檀香一樣香喔。」這聽起來不就好棒棒。馬努爾不曉得要怎樣才辦得到，鑰匙可能還在信箱內吧，這件事是可以成功的。

馬努爾望向窗外，感到鬆了一口氣，因爲那年秋天並不冷，只要天氣不要冷得天寒地凍，他就還有時間思考如何中止他設置好的一切。

他左思右想，越想就越退縮。這時，有人敲了他病房的門。「法警來了。」他心想。然而，敲門的人是婵姬。

婵姬大概想要什麼東西，因爲馬努爾不覺得她是那種會偏離常走的路線特地來拜訪患者的那種人。他回想我對婵姬捏造了什麼內容，根據這段對話，思考要如何告訴婵姬他是何方神聖。他倆寒暄了幾句，討論傷勢復原狀況如何，然後聊了起來。

過去十六個月以來，馬努爾除了跟我通話以外，沒有跟其他任何人說過話，而且我倆還是遠距離通話，他很難好好把話說清楚。先前替老外上會話課時，他們並沒有滔滔不絕地暢談，老外總是聊一些芝麻綠豆大的瑣事，對話的模式越來越像是一種標準化的樣板，千篇一律。然而，馬努爾克服了這一點，表現出開放且親切的態度，展開了一段友好的對話，自然而然表現得和藹且容易親近的模樣，就和冒用我的名義上課時一樣，當他眞的要與人建立關係時，又稍微退縮了。我說過了，就算他打從以前就渴望人際關係，但他天生就不是與人交往的料。在這段對話的鼓舞下，馬努爾的話匣子竟然開了。這是怎麼一回事？

馬努爾告訴嫜姬，他覺得平日週一到週五這段時間，在薩撒烏里耶居然見得到人，實在好奇怪。

「我們擁有村裡這間屋子。」嫜姬解釋，「除了週末，我們很少來。我們打算更常來這裡，平日的時候也是。我們想要趁著耶誕假期把屋子布置得漂漂亮亮的。」

馬努爾的兩塊腓骨在石膏內錯開了。嫜姬繼續講下去。

「既然有了這間屋子，當然是要好好享受啦！」

馬努爾向嫜姬打聽她的家人。他明明對這一家人瞭若指掌，比對自己家人還熟悉，卻裝作一副什麼都不曉得的模樣。

「我有很多孫子。他們很有錢，但我覺得他們不是很機靈，希望他們爽朗一些，更有衝勁一些，別那麼沉默寡言。我想要替他們辦派對，他們的朋友很多，把他們統統邀請來玩。他們的朋友比他們活潑多了。」

操他媽的一群神經病，馬努爾心想，聽得是目瞪口呆。

嬅姬問馬努爾結婚了沒。先前和嬅姬亂掰馬努爾的假訊息時，我並沒有提及這點，他便開始說實話，省得之後又自打嘴巴。他回答說他未婚。

嬅姬問他有小孩嗎，他回答說沒有，但我想像馬努爾在心中說「我有一個小孩，我自己」。

根據嬅姬談話內容的走向，馬努爾逐漸察覺嬅姬很同情他，令他意外得不得了。同情他沒有結婚，同情他沒有繁衍後代，因爲他一副看起來沒有什麼朋友的模樣。馬努爾聽著聽著，微血管都要炸裂了。

「我們有學習快樂的義務。不是權利，是義務。」

說出這句話的嬅姬還眞是煞有介事地迷人。她是從哪本腦殘自救書學來那麼冠冕堂皇的話的？

嬅姬是時候切入正題了。和我談過話以後，以及當時和馬努爾聊天所得到的看法和印象，她已經得到了她所需要的資料。攻擊路線已經規劃好了，只剩進攻。

「你對你繼承的這間屋子，有什麼想法？」

我捏造的馬努爾資料，嬅姬照單全收。我還眞有一套，黑的都能給我說成白的。問題在於我扯了一大堆謊，錯綜複雜，看看馬努爾這位假繼承人要如何澄清。

馬努爾想到什麼便說什麼，說他想要稍微整理屋子，把一些東西扔了，把燈掛起來。他覺得一般人得到新房子，都會這麼說吧。嬅姬喜歡自己一副談判專家的模樣，緊接著發動攻勢。

「那麼，你沒想過把房子租出去嗎？」

馬努爾裝出他斷裂的骨頭疼痛的樣子，明明可以好好說話，卻故意結結巴巴地回答。嬅姬接著說下去。

「我們想要把兩間屋子併成一間。我們這間，給我們住。你那間，把油汙清潔乾淨之後，我們想要把它變成一間遊客中心，但是親近大自然那種。遊客可以租四輪摩托車，從事冒險運動，也有適合小朋友的遊戲。」

馬努爾盯著受傷那條腿的一片指甲瞧。

「反正，那間屋子對你來說也完全沒有用途。一開始是很棒啦，有田野啊、小鳥啊之類的，但之後呢？沒有家人，沒有小孩，沒有朋友，那間屋子簡直跟墓碑沒兩樣。你一個人住在那兒，也太寂寞了吧，你會無聊死的。一個人都沒有的薩撒烏里耶，一定很嚇人。」

馬努爾盯著健康那條腿的一片指甲瞧。

「你會賺很多錢的。我也可能搞錯啦，但我覺得你過得『有些拮据』。過著沒有經濟壓力的生活超棒的，你想像一下。」

馬努爾接著籠統回應了幾句，內容含糊到連他自己都不記得。

「好啦，把房子租給我吧。薩撒烏里耶是黑白的，我們大家必須一起把它點綴得五彩繽紛。」

嫜姬一副自信滿滿的模樣，看上去極其幸福快樂。她的幸福就是孩子們哭哭啼啼吵鬧得要死，還有一些給沒辦法徒手把百葉窗拉起來的蠢蛋用的輔助物品。嫜姬自以爲可以爲薩撒烏里耶新石器時代般的乏味注入活力。

馬努爾的目光盯著被單不放。嫜姬見狀，加強攻勢，這會兒語氣流露出憤怒，因爲她不明白她的提議那麼棒，馬努爾怎麼沒有被打動。

「聽著，如果你不把房子租給我們的話，我們就在村裡再找一棟。但旅館我們是百分之百肯定會開的。把握這個機會，大家一起發大財吧。你不把握的話，也許會損失不少喔。」

嫜姬的意思是馬努爾必須滾蛋，因爲他在新薩撒烏里耶這兒顯得格格不入。嫜姬這一番話說得非常認眞，決心中帶著怒火，讓人不敢跟她唱反調。最終，馬努爾表明了他的立場。

他接受了。他懇求嫜姬別威脅他，沒有必要這麼做。他非常需要錢，認爲可以藉此賺一筆。再者，這份提議十分優渥，可以助他東山再起，簡直好得不能再好了。嫜姬表示她很高興馬努爾同意了。馬努爾接著開口說。

「當然囉，女士，我覺得這個計畫很有意思。這個計畫是爲了讓人『享受』。」

24

我一看見馬努爾出現在我馬德里的家時，便馬上明白他決定把柴油炸彈原封不動地放在原位。不管警方是否因爲門廳的事追捕他，都一樣。

他來到我家這兒等待天氣轉冷。引信都裝設好了，唯一要做的就是放手讓時間和天氣做它們該做的事。摩丑族全家葬身火窟時，他距離薩撒烏里耶越遠，就越沒有嫌疑。

過來的時候他換了兩班公車。其中一班從T鎮載著他來省首府，然後再搭另外一班轉來馬德里。他用現金買了車票，用我給他的那筆錢、他逃離世界那天帶在身上的那筆錢、他從來都沒動過的那筆錢。他舟車勞頓，衣衫襤褸，腿上拖著石膏，手上拉著行李，穿著他那一身顏色髒兮兮的衣服，頭髮剪得像是被狗啃的一樣。他一共經過三間轉運站，在其中兩間遇上警察要求他出示證件。警察等於是在不知情的情況下，免費提供了馬努爾他根本得不到手的「被告情報服務」。兩次臨檢他都安然無事，警方依舊沒有傳喚他或逮捕他。

我已經有十六個月沒見到馬努爾了。我痛哭流涕，眼淚如大洪水氾濫般一發不可收拾。他並沒有瘦得皮包骨，而且就算他成了瘦皮猴，也不是因爲專吃一些沒營養的東西害的，而是因爲他最近這幾個月被侵擾得難以安寧。他在我家安頓下來，住進我倆策劃逃亡計畫時所待的那間偏僻且狹窄的房間。

馬努爾暴露在公共區域，暴露在人人都看得見的地方，已長達半個星期，而執法單位卻沒有要他付出代價。他開始明白警方並沒有因爲門廳事件對他展開追捕。不過，他想要更確定。

某日，他去了某個政府部門，在門口登記資料，走過一條走廊，然後離開。另外一天上午，他走進一間銀行，只差沒有把身分證叼在嘴上，假裝有意了解一個獎助學金專案（他最好是會感興趣啦）。

他在這兩個地方都沒碰上什麼麻煩。他使用本名和眞的證件，什麼事也沒發生，當時什麼事也沒發生，之後的日子也一樣。我倆一直到二〇一七年的五月，才曉得門廳事件後來到底有了什麼樣的發展。

馬努爾待在馬德里這陣子，嬅姬打了很多次電話給他。馬努爾先前給了嬅姬他的眞實號碼，展現他簽訂房屋租賃合約的意願。嬅姬一直催他完成簽約，馬努爾總是回答說好，安啦，他也很想把房子租出去呀，說他人在一位朋友的莊園療養，還特意強調莊園位於阿斯圖里亞斯自治區的波拉—德謝羅，說等他傷勢復原了，再找個時候碰個面。嫌姬的房子馬上就要燃起熊熊大火，馬努爾要讓她認爲他人在遠方。

我時不時就會想像藍色房屋燒起來會是什麼景象，我們還能怎麼辦呢。接著，我會驚愕自己居然有此番惡趣味，會陷入沉思。不過，算了吧，我稍微一個不小心，又陷入幻想，不亦樂乎。

「惡有惡報。」馬努爾惦記著這句話。摩丑族必須贖罪，休想全身而退。而馬努爾將成爲讓這惡報快速兌現的人。在讓摩丑族面對報應這件事上，馬努爾是一點都不懶惰，他這麼做很冒險，之後可能會被警方傳喚，但他必須這麼做，因爲要是他怠惰，摩丑族就逃過一劫了，惡報就不會降臨在他們這些作惡者的頭上了。

除此之外，停留在馬德里的這段時間對馬努爾而言是一種折磨。馬努爾吃了好幾個月的酸臭麵粉烘烤物，起初，他只是想大啖剛出爐的麵包和當日現做的甜點。他以出門買這些東西做爲藉口，稍微跑去外頭蹓躂，看看這座城市現在是什麼模樣。

馬努爾馬上產生了可怕的懼曠症，情況之嚴重，就好比發燒量體溫量出四十二度。他的情況是一種心理力學，精神科醫生大概研究透澈了吧，我不曉得。他覺得走到哪，人人臉色都很差，我想臉色差的人是他自己，在情感流動的相互作用下，他的壞臉色才反彈到他人臉上。其實就是一些人與人之間往來時的小事，比方他讓路給另外一位行人，卻沒有聽到對方說「謝謝」，或者家樓下的糕點師傅，脾氣有夠不好的，蛋糕吃起來是很甜沒錯，但他臉上從來沒出現過甜美的表情。馬努爾覺得諸如此類的事是一種冒犯，更是一種挑戰，害他心煩意亂了好幾個小時。

他快要煩死了，心慌意亂，一股噁心想吐的感覺衝上他的咽喉，害他走起路來是磕磕絆絆的，光是市區人行道的地磚，都可以讓他走得跌跌撞撞的。他把自己囚禁在我家中，足不出戶，而我負責帶各種用品給他，扮演起他的物資供應者。無論是在什麼地點都一樣，他今天的生計由我打理，明天的也是，這一切都是爲了讓他避開其他人。馬努爾在他人身上看見的是孟加拉虎、朝著他射過來的飛鏢，或是水痘病毒。而許多行人的行爲舉止，肯定是讓馬努爾在他們身上見到摩丑族的影子。

總之，街道是各種讓馬努爾感到難受惶惑的事物大雜燴，他完全沒有理由受這些苦，他自願擺脫這些令他不快的事物，他只想躲回他的牢房。總而言之，馬努爾已經不願與任何世人往來了；馬努爾根本「已經不在人世了」。

馬德里的氣溫五度，意味著薩撒烏里耶大約零度（搞不好還更低一些）。若這天是星期五，那麼嫜姬的屋子將會燃起熊熊大火。冬至前後，某個星期四馬德里這兒的氣溫降到三度，隔天，溫度計又往下掉了一些。

25

星期一，嬅姬打了電話給馬努爾。「我們的房子燒掉了。」她說。房子其中三分之一的部分，緊鄰馬努爾家的那部分，受到了輕微的損傷。正中間的三分之一部分燒得一片焦黑。而距離馬努爾家最遠的另外三分之一部分，簡直可以全部打掉重蓋了。

馬努爾的預測兌現了。柴油儲存槽一整個秋天都在供油，存量想必是減少了許多。這場火災也沒猛烈到要把整個薩撒烏里耶夷爲平地。火勢十分好心，大致上沒延燒到他所指定的範圍之外。

聽說幾公里之外便可看見濃密的黑煙，多虧這一點，某人通報消防單位。一支省首府的消防隊趕來火災現場，撲滅惡火。然而，他們沒辦法避免火焰把馬努爾家的牆面燒得漆黑一片。不過，損失並沒有很嚴重，沒有到需要在華爾街跳樓那麼嚴重。

大火遵從馬努爾事先規劃好的時間，並沒有傷及任何人。

馬努爾大概會不惜一切代價，看看嬅姬啟動她的應用程式把鍋爐燒得烏漆墨黑的時候，她人在哪裡；看看當時她是在哪個連鎖飯店啊，或是哪間連鎖服飾店，或者在排隊等著看哪場給智障看的表演，或在哪間騙人消費的商店內，她掏出她那根觸控式小食指，放在手機螢幕的玻璃表面上。當然，馬努爾錯過了那一刻。

摩丑族總是希望家裡暖呼呼的，他們自己那麼怕冷，這會兒沒什麼好抱怨的吧。此外，這場火災可以讓他們思考思考。他們成天不是鬼吼鬼叫的，就是搞科技產品、化妝品，成天對孩子說教，搞一些家庭或體育活動，這場大火不失為一個有益健康的改變。去離子水製造機、藥妝店賣的合法麻醉藥品，還有自拍棒，這些東西燒起來會是什麼模樣呢。他們的那些自救書想必也自行幫助了火舌蔓延，碰上酒精溼紙巾後，燒得更加猛烈。馬桶邊的滾筒衛生紙架，被一股不是自己發出的熱力所征服，大概會表現出驚慌失措的模樣。

馬努爾的隔空惡作劇機關熊熊燃燒。他延後孵化的魔術戲法，腐臭的蛋液，堵塞水管的南半球出版社書本，藏起來的豬肉雜碎。不會有更多問題了。

那些鳥巢全毀的燕子，等牠們從氣候溫暖的遠方回來時，會笑個半死。隔壁，馬努爾的屋子受火災的損傷較小，燕子會在他的屋簷下築一個新的巢。

沒有人能夠指出馬努爾以主動或是非主動的形式參與這場祝融之災。他的烈焰伊波拉病毒策劃得非常好。保險鑑定報告確認起火點爲嫜姬家中的鍋爐室，那個位置距離馬努爾的家很遠，而他外表又一副看起來懶懶散散的模樣，應該可以撇清他的責任。此外，火災那天上午，薩撒烏里耶唯一的居民可是身受重傷幾近殘廢，而且人在阿斯圖里亞斯自治區。

火柴和捕鼠黏膠的塑膠軟管可以害馬努爾被定罪，但比起任何火舌觸及的物質，這些東西被焚燒的時間更長，燃燒的火力更加猛烈，應該連一點痕跡都沒剩下才對。

就這樣，鑑識專家認定起火點爲嫜姬的暖氣遠端控制器，還說了那東西的壞話。每每發生什麼問題，我們總愛把錯怪在機器上，這麼做總是令人感到安心。

最終報應突然發生了。馬努爾從來沒有被懷疑過，而且嫜姬請求馬努爾原諒她，因爲她的遊客中心租賃提議已經無法實現了，害馬努爾期望可以發一筆財，又害他的期望落空，她感覺很糟糕。在所有人看來，這場意外對馬努爾造成相當大的傷害，老家被燒毀，原本承租事宜都談妥了，這會兒卽將到手的收入全泡湯了。眞是可惜啊。

嫜姬受到的打擊眞的很大，都快認不得她是誰了。她告訴馬努爾一切都是她的責任，說他們全家上下都是蠢蛋，說他們時不時就會出一些小意外，打破東西啊，把鑰匙忘在家裡面啊，成天緊張兮兮地鬼吼鬼叫啊，說這樣什麼事都不能做，什麼事都做不好，說她早有預感他們會出事了，因爲他們日子過得太舒服悠哉了，像是無憂無慮的小山羊。

嫜姬在檢討自己，以及她的家人。這令馬努爾驚愕不已。他們看了那麼多垃圾節目，搞了那麼多摩丑族主義，最好開始清醒清醒。嫜姬當然沒有使用「摩丑族」這三個字，這個字眼是馬努爾私底下使用的，但嫜姬倒是開始隱約在自己身上看見這個概念，而且不曉得馬努爾早就已經爲此命名了。此外，摩丑族也是因爲生活散漫，才會釀成這場意外，現在好似從中撈到道德上的好處，因爲這場大火讓他們面對自己罄竹難書的壞習慣。操，就連家裡失火了都對他們有好處。

嫜姬的話匣子大開，講得是全神貫注，接著表示她很害怕，懷疑房子被詛咒了，說有時候他們星期五過來時，整間屋內充斥著一股腐肉的味道，臭得無法忍受，不然就是水喝起來有泥巴的味道，或著廚房內的蟲子變強壯了。有一天，他們家一個孩子差點沒從陽台上摔下去。孩子靠在陽台欄杆上，欄杆的螺絲鬆掉了，孩子差點就要一手扯下欄杆，直直摔落地面。

他們要離開薩撒烏里耶了。摩丑族要離開了。然而，嫜姬接下來告訴馬努爾的話，令他呆若木雞。

嫜姬突然抱怨，說更糟糕的是，不動產公司以疏忽和損傷等名義，影射她毀了這棟屋子，想要對她提出懲罰性訴訟，簡直要把她給煩死了。「不動產業者就是這副嘴臉。」她說。我和馬努爾從來沒思考過藍色房屋究竟是婕姬名下的財產，或者是不動產業者承租給她的房子。馬努爾謹慎地打聽。

答案是後者，藍色房屋是馬德里一間不動產公司名下的財產，承租給了婕姬。摩丑族女王某個夏日週五第一次出現在薩撒烏里耶，身旁的西裝男就是那家公司的人。那天就是一切的開端。

馬努爾的世界頓時豁然開朗。婕姬要走了，太棒了。然而，她離開以後，藍色房屋會繼續被掛在不動產市場上，遲早會翻修重建，回到不動產物件的型錄中。其他跟婕姬一樣的人會帶著一樣的垃圾和一樣的狗屎過來。對馬努爾和他的離群索居計畫而言，問題依舊存在。把房子燒了，完全沒有派上用場。

婕姬和馬努爾道別，說他倆沒辦法更加認識彼此，令她感到惋惜。之後，馬努爾詳細告訴我他和即將離開的婕姬的談話內容。他難過得不得了，把自己鎖在廁所內。

半個小時後，我靈機一動。我在網路上搜尋「薩撒烏里耶租屋」，找到了那間不動產公司。我只搜尋到一項結果，不然是要有幾項？

我打了電話過去，向他們諮詢藍色房屋的租金，說我有興趣承租。不動產公司的人告訴我他們現在還不曉得該拿那間房子怎麼辦，因爲屋內出了一些小事故，房子在是在啦，「但變得有些黑黑的」。我回答說對，我曉得，我剛從薩撒烏里耶回來，無意間發現這個村子，已經愛上它了，說我在附近打聽到這間屋子正在出租，而我有興趣找一間可以自己翻修的房子，因爲我是執業水泥匠，只不過租金要算我便宜一點，看工程進行得如何，我們再看看租金的折扣要怎麼算。

感受得到電話彼端的業務員很開心。他們這是在把一間就算是強制推銷也租不出去的房產租出去，而且還附贈免費的整修。我們談妥了一份幾乎是有名無實的月租金，租金之便宜，如果我把香菸錢省下來，就算是我也負擔得起。我這是用一些灰燼，換來另外一些灰燼。

我租下藍色房屋，但我才不打算整修它，當然囉，我連動根手指頭都不會。就算我想要翻修，我也辦不到，水泥、磁磚、踢腳板，反正就是房子裡有的東西，管它們叫什麼，我是要從哪生出錢去購買。不過，我說我不會整修藍色房屋，其實是因爲我租歸租，但我打死都不想過去住。以剔除可能承租這間房子然後跑去搞得馬努爾不得安寧的客戶來說，以驅逐新的摩丑族來說，我這麼做就已經夠了，而且還綽綽有餘。

正式簽定合約前，我爲了試探，說我聽人說有一位七十歲的剃羊毛師傅，好似住在薩撒烏里耶，問業務們有沒有這位老翁的消息。他們回答說他們毫無頭緒，說他們從來不去這個村子，據他們所知，那裡已經許久無人居住了，這點讓我確認他們完全不曉得馬努爾的存在。

我的住處和不動產公司的辦公室皆在馬德里，便約在市區簽署租賃合約。我覺得他們簡直感動得要痛哭流涕，因爲他們對「沒有賣不出去的產品，只有沒有幹勁的銷售員」這句商業格言重拾信心。我猜負責談妥這筆生意的那位老兄會被公司晉升吧，他大概會被視爲王牌推銷員，這間房子與其說是讓人休憩的幽靜之地，更像是一尊被使用過的法雅人偶[14]，而他居然有本事推銷出去。

我等到一切塵埃落定後，才告訴馬努爾我的計策爲何，省得被他潑冷水。他聽得是既高興又緊張，因爲他一想到藍色房屋可能會被重建，就害怕得要死，害他心思紊亂了好幾天，差點沒被逼瘋。他感謝我的這個舉動，就算我捐贈一小杯骨髓給他，他也不會如此感激。我喜歡馬努爾向我道謝的模樣。

馬努爾把摩丑族彈射到他看不見的地方去。有趣的是，時至今日我還是很喜歡回想這件事，很喜歡這個彈弓的明喻。我沉醉在他們在空中飛出去的畫面，一共二、三十人連同大量的家當一起被射出去，然後凝結成一片身體和鍋碗瓢盆混雜而成的小小雲朵。

14. 西班牙瓦倫西亞每年三月舉辦法雅節（Las Fallas），慶祝春天來臨。法雅節也被稱為「火節」，人們放火燃燒巨大的「法雅人偶」。法雅人偶由當地的藝術家與工匠負責製作，通常帶有誇張諷刺的風格與評論時事的意味。

被彈弓突然猛力彈射出去後，之後的拋物線飛行整齊劃一地減速後，他們變得越來越小，尖叫聲也逐漸淡出。他們無時無刻不在尖叫，來，聽看看他們的叫聲吧。鬼哭神嚎。然而，音頻動力學和都卜勒效應拯救我們，尖銳刺耳的分貝慢慢傳向別處，想去哪裡煩人，就去吧。接著，他們在遠方的樹林墜落，從我的角度看過去他們處在視線遮蔽的位置。他們眞的是資深呆頭鵝，不假掩飾，且懷有強烈的使命感。

我心裡想著這件事，也開始思索躲到我家中的馬努爾的事。我看著他做許多事情，比方背對窗戶坐著，出神地折著茶包的標籤，完全沒有注意到我在場。找上馬努爾表述自己觀點的人已經被他動手刺傷了，他才想交流。他一共下過兩次手。第一次，鎭暴警察，無預謀。第二次，摩丑族，精心策劃。若某人畫一個曲線圖表，馬努爾在裡頭從不理性的衝動，轉變爲鉅細靡遺的意志。比起從前，現在他更能好好掌握自己該做的事。很好的進展。

某個星期六，馬努爾的媽媽，我的前小姨子，打了電話給我。她是我最不想要有消息的人。她四處尋找馬努爾，因爲她已經很久沒有馬努爾的消息了，而明天剛好是馬努爾的生日，她想要祝他生日快樂。有時候，她會不小心忘記馬努爾的生日。她找上我，尋找馬努爾的下落。我爲了擺脫她，也爲了替馬努爾打發她，回答說我和馬努爾吵了一架，說馬努爾是個不折不扣的超級王八蛋，我才不曉得他跑去哪了。我倆道別，掛上電話。馬努爾的生日是十一天前的事。

大自然分配親屬關係時，還眞是搞錯了。我漸漸變成馬努爾眞正的父親，我想像他跑去戶政事務所修改戶籍謄本上的生父資料，想像得不亦樂乎。他這是在彌補一個遺傳上的錯誤，嚴重，但也可以撤銷。

＊

馬努爾的腓骨接合了，他在馬德里拆除石膏。既然腿都復原了，繼續待在他不想停留的地方也沒有意義。他必須回去。

他還是無車可開，手上依舊沒有閒錢買車，而他也沒有意願買車。他搭上一輛客運，前往省首府，再從那兒徒步走到薩撒烏里耶，一共走了三天兩夜，當作是放了個大假，慢慢認識這個他做爲藏身之地的鄉鎮。許多廢棄的房屋四散在荒蕪的大地上，他在其中兩間睡覺過夜。至於食物方面，當地區域的村子裡尙有幾間商店，屈指可數、貨品短缺，馬努爾就在那兒購買麵包和臘腸。

終於抵達薩撒烏里耶時，馬努爾感覺自己自由了。他前往他的屋子，吸吮牆壁、吸吮地板的磁磚，發自內心想要把這些東西吸入到體內。他吸吮爐灶的排風罩，他甚至吸吭了那張舊得令人作嘔的密針織床罩。我感覺聞那個玩意兒會害人的腸胃乾坤大挪移，一想到我就不禁渾身顫慄。

26

二〇一七年五月，由於我是所謂的人力資源專家，我被邀請到莫拉達臘茲區的警局辦一場講座。活動接近尾聲時，警局禮貌性地開了一支西班牙葡萄酒。

警局的人介紹局長給我認識。我友善地湊到局長身旁，和他聊了幾句，套出他的故鄉在哪裡。巴達霍斯的塞雷納新鎮，無論我如何試著回想該地的資料或特色，腦子裡還是一片空白，但我告訴他眞巧，我是卡塞雷斯人，而三年前的夏天我第一次走訪那座城市，在那兒的所見所聞至今仍記憶猶新。我倆舉杯爲埃斯特雷馬杜拉自治區敬酒，一股信任感油然而生。

我假裝回想起一件事，說我的女兒——臨時胡謅出來的女兒——高中交過一位男朋友，之後男方進了國家警察隊。再更之後，他們倆已經沒聯絡了以後，有天我女兒得知那小子在蒙特拉街的門廳出了一場嚴重的意外，心急如焚，想要知道發生了什麼事，因爲那男孩人帥心也美，畢竟我女兒也是深愛過他。她打了電話問候那男孩，打到一支好幾年前的號碼，但男孩大概已經更換號碼了，因爲電話無人接聽，或者我女兒是如此認爲的，省得又有其他更陰暗的猜想浮現。

局長說他聽說過蒙特拉街的案件，說他會去了解一下，幾天後給我捎個電話。他說到做到。

「他的喉嚨被人刺了一刀，被傷得很重。幸虧當時附近有其他同仁，一個月之後他就沒事了。」

事情有了轉機。馬努爾不是殺人凶手。接著我大發雷霆。

「狗娘生的！警方沒追捕那傢伙嗎？」

「當然有追捕他。負責此案的員警發現襲警的門廳現場有一支監視攝影機，便信心滿滿，覺得肯定能逮到元凶。他們直接找上那棟樓的屋主。」

馬努爾的房東是那個因爲碰上夏令時間調整而要求飯店給予折扣的奧客。

「屋主完全沒有幫到忙。對那傢伙而言，房客的安全大概跟外國或外星事務沒兩樣。他的閉路電視一直都是關機的，省得電費帳單變貴，他說閉路電視很耗電，他已經好幾年沒開機過了，根本什麼東西都沒錄下來。」

這傢伙簡直是吝嗇到有剩。他這麼愛討價還價，在飯店討折扣一定也是讓他得逞了。不過，話題回到馬努爾身上，房東從來都不在乎房客的人身安全，這會兒倒是對房客的人身安全幫上了大忙。

「他放了一卷錄影帶，畫面中播放的是世足賽日韓大戰的進球精彩畫面。」

然而，我心中尚有許多疑慮。

「不過，街道上的監視錄影機應該拍到些什麼了吧。」我說。

「嗯，好幾個畫面中拍到案發時間有個傢伙從門廳走了出來，但看不見他的臉，因爲他先撐開了傘，然後才走出門廳。在室內撐傘可是會倒霉的說。他的下半身穿著牛仔褲，大家都穿牛仔褲，這個特徵也派不上用場。」

「大概也有人用手機拍下他了吧。」

「警方也是這麼想的，便請求市民合作，看是否有人用手機拍下那位門廳男子。結果一點消息都沒有。立法通過禁止拍攝警察後，人人都害怕在示威活動中使用手機，手機會被沒收，根本沒有人敢掏出手機。他媽的法條，先搞死我們自己了。」

局長繼續報告下去。

「之後拍到的畫面是那個白痴在格蘭大道攔了一輛計程車。警方根據車牌號碼找到司機，他說那個時段他載了一個人到托雷雅里亞斯站。我們的線索到這邊就斷了，因爲那兒的街區沒幾支監視錄影機，而且當時雨勢滂沱，放眼望去盡是雨傘和行人的腿，再加上大家又都穿牛仔褲。」

警方不曉得馬努爾的長相爲何。他們知道他的腿是什麼模樣，知道他穿什麼運動鞋，知道他的雨傘是黑色的。他們就握有這些情報，能做的實在不多。然而，他們有一位第一手目擊證人。

「總之，那名鎮暴警察看見襲擊他的人了。」我提出我的看法，「若他事發一個月後就痊癒了，可以指認凶手。」

的確如此。我想要徹底排除疑慮。那名鎮暴警察曾距離馬努爾的臉只有短短幾公分之遙，腦中應該有他的長相。就算馬努爾完全沒有被拍到，警方也能夠透過臉孔辨識技術尋找他。

「他們也這麼辦了。」局長回答我，「那名鎮暴警察康復後，一名副警長和兩位幹員帶著他去見蒙特拉街大樓的屋主。那棟樓裡的每一個人都是他的房客。一行人想要知道襲警凶手是否是其中一位房客，審問了屋主。」

這位我偶然結識的知己告訴我那名鎮暴警察的記性不是很好，口述能力甚至稱不上中等。他竭盡所能地描述他們在尋找的凶手的長相，而房東堅稱他不記得有哪位房客符合這些特徵，說他這兒住的都是老人，不然就是女人，或者超級高的高個兒。房東好似想要盡快把警方打發掉。

「打從一開始他們就覺得那位房東有些怪怪的，立刻臭罵了他一頓。就這樣，最後他們兜圈子兜得也累了，便要求他把租賃合約和房客的證件影本統統拿出來，逐一檢視相片，讓被刺傷的員警指認凶手。」

話說到此，我害怕得不得了。馬努爾當初租屋時，堅持要把他的證件繳交給房東。

「屋主他媽的連半張文件都沒留。他什麼都沒有，因爲所有的房租都是私底下收取的，沒有申報所得，省了一筆錢。他不想要留下任何他逃稅的痕跡。每次有新的房客繳交證件影本，他就跑去他的地窖，銷毀影本，避免留下痕跡。這個神經病把文件全燒了，掩飾他的違法勾當。」

房東把全部的東西都扔了，其中包括馬努爾費了九牛二虎之力才讓他收下的證件。他的這些骯髒手段並不受到法律約束，就算被起訴了也對他有利。

「那個可憐的白痴還想做垂死掙扎，發誓說他之所以沒有任何房客的資料，是因爲他的生意是『合作經濟』，住在他樓裡的房客自由心證繳納房租。最好是啦。」

房東對租賃合約耍手段，在住宅收益權市場上犯了個大錯，變相也幫了馬努爾一個大忙。包庇馬努爾並非他的本意，他只是嘗試把事情做好罷了，而他也確實做好了。局長繼續回憶事件的發展。

「房東的租屋小手段被匯報給國稅局。之後我就不曉得發生什麼事了。不過，門廳案件我們可以說是一籌莫展。」

馬努爾不小心扣下了板機，害他的房東去吃牢飯了。我把這件事告訴他時，他笑得可開懷了。

無論如何，那位鎮暴警察並沒有投降。既然房東已經擠不出牙膏了，他便跑去找左鄰右舍打聽，全程臉色十分難看。「像是一位父親，在市集尋找走散的兒子。」局長如此告訴我。鎮暴警察在這場臨時展開的審問行動中，還進行了他在蒙特拉街最喜愛的運動，把一名房客推撞在信箱牆上。

然而，沒有人記得馬努爾的長相。一方面是因爲他在這個馬德里市中心——年少時期短暫的夢想——的租屋處待的時間很短，另一方面是因爲他非常不擅長搭建人際關係的橋梁（與現在相反的是，那個時候他是渴望與人交流的），沒有任何一位熱心的市民給得出他的情報。我回想起我倆在玩跟神燈精靈許兩個願望的遊戲時，馬努爾說「我覺得自己已經像是個隱形人了」。

警方沒有馬努爾的相片，也沒有他的名字，根本追查不到馬努爾先前工作的電信公司那兒。電信公司的某個資料夾內大概有馬努爾的證件。我倆之前很擔心哪天馬努爾的單位負責人會舉發他突然曠工，等於是提供警方一條線索。我倆眞是好單純啊。沒有任何徵兆顯示負責人曾通報任何單位。

我猜，那名負責人想的大概是馬努爾白白替他做了三個星期的工，因爲他不告而別，公司連第一次的薪水都沒辦法發給他。我猜他們馬上打了電話聯絡另外一個失業的人。失業的人成千上百，苦苦等候，什麼活兒他們都幹。「這樣反而比較好。」他的主管大概是這樣想的吧，反正鬧失蹤的這傢伙也是個怪人，也看得出他開始對公司眞正的工作有意見，公司蓄意把被詐欺的客戶煩得暈頭轉向，簡直要害他們窒息。這傢伙最好還是滾出公司吧，找他回來，又是何必呢？

局長繼續說下去。

「總之，同仁們非常積極調查這起案件，但最終沒有破案。」

我不明白局長這番話是什麼意思，非常吃驚地請他說明。

「局裡的同仁聽到這位警察的事就煩得受不了。他們說他自以爲剛正不阿，但他正直且完整的部位都介於結腸末端和肛門起點這一段。他們說他是一個私殼族。」

聽上去不是一個受人尊敬的人。

「同仁們拿蒙特拉街的事來開他的玩笑，說他之所以被螺絲起子刺傷，是因爲他的螺絲是星形的，人家想拿平頭螺絲起子替他鎖上，當然會受傷啦，諸如此類的。許多同仁認爲讓一個姓名不詳的馬德里暴徒稍微挫挫這傢伙的銳氣，也算是好事一件。沒有人想費苦心揪出凶手。」

被同事排擠，好可悲啊。我沒遇過幾次這種事，一直以來我都很少被人找去工作。

「此外，調查行動之後沒多久就結束了。」

這點我眞的不明白。局長繼續說明。

「那傢伙最後被另外一位警察殺了。殺死他的那位警察在同事間的人緣比他好，受夠他成天跑去示威活動中惹事生非。」

局長告訴我那名鎮暴警察和一位手持武器的同事幹了一架。鬥毆途中，對方用一把摺刀捅了他一刀，送他上西天。這傢伙曾面對過眞正的危險，不是什麼把護身符當作武器的二十來歲小伙子。他是眞的有兩把刷子（看來對付過黑幫和皮條客），能夠對罪犯做出有效的打擊。局長說門廳事件的鎮暴警察先前成天招惹那傢伙，就像是成癮性賭徒尋求破產，嗜威士忌如命的酒鬼尋求胃潰瘍。「他就是他自己的恐怖分子。」局長說，換個方式和我解釋這種事本身就有許多刑罰，就它特殊的法規而言，以立法和司法的角度來看都叫人摸不著頭緒。

二〇一六年三月，我在數位報紙上讀到一名鎮暴警察死於馬德里的新聞，當時我的理解並沒有錯誤。那人就是他，只差在下手的人並不一樣。

「他過世後，門廳一案也刻意被人遺忘了。不是因爲遇襲的受害者已經不在人世了，而是因爲調查這個案件，意味著警隊成員之間的凶殺案也將被揭露。要是傳出去能聽嗎？媒體大概報了些東西，但我們已經動用手段讓他們把報導下架了。」

「我明白。」

「最後這件事，您可別跟人說，說了對我倆沒啥好處。我是因爲您是同鄉，才告訴您的，但千萬別告訴別人呀。」

「別擔心，老鄉之間的祕密，我一定守口如瓶。」

「尤其是別告訴您千金，別傷了她的心。看得出來她眞心深愛過那名員警。」

＊

一如往常，我急忙打電話給馬努爾，告訴他這個最新消息。我告訴他門廳的監視攝影機從來沒有開機過，房東在不經意的情況下包庇了我們，警方根本沒有追查到他那份搞電話詐騙的工作那兒去。正式來說，他已經沒有什麼好害怕的了。一間醫院、三間轉運站、一間銀行、我的街區，他都已經衣不蔽體地行走過那麼多地方了，當時都不害怕了，現在更不用說。現在他才獲得了確鑿無疑的赦免。

我告訴馬努爾他對那名鎮暴警察造成的傷害其實並不嚴重，事發一個月後那人就回歸正常生活了。比起前一則消息，馬努爾反而更對這件事感到感激，我實在想不通。他好似很擔心鎮暴警察的傷勢。我提醒馬努爾，那傢伙原本可是打算打斷他一邊鎖骨，單純就因爲休假時他人出現在他家門廳。然而，馬努爾對這件事有別的看法。他開始談起那位鎮暴警察。

馬努爾跟我說，對他而言，那位警察簡直跟天使長沒兩樣。「你這是在說什麼？」我問他。他回答說要不是因爲這位鎮暴警察，他的人生也不會有一百八十度的轉變，猶如一場化學反應，而那名員警就像是其中的反應物一般。他在薩撒烏里耶找到了他超讚的人生，就像是在露天舞會上認識了完美的另一半，還說要是他把那位鎮暴警察傷得很重，他的良心會過意不去。鎮暴警察就像是媒人，撮合了馬努爾與他的眞愛，薩撒烏里耶。

馬努爾說那把他從小便隨身攜帶的螺絲起子是他的護身符，是他的幸運符。但其實那名鎮暴警察才是他的幸運符。他總是把螺絲起子帶在身上，沒有注意到運氣改善了。兩個護身符碰在一起時，電解作用才開始。警察造就了馬努爾的恬靜，他爲此感到感激不盡。

馬努爾很驚訝一個困境竟然會對身陷其中的人有利。起初，門廳事件就像是一個難堪得無以復加的窘境，但這個窘境最終讓他擺脫了蒙特拉街的豬圈，讓他擺脫了他那份搞詐騙的工作，讓他不必繼續對被詐欺的客戶說一些令人火冒三丈的謊言。這個窘境讓他擺脫他的爸媽，擺脫那些連八字都沒半撇的姻緣，擺脫想跟狐朋狗友混在一起的慾望。「狐朋狗友」這個字眼甚至令馬努爾有些惱火，儘管他到現在才發覺。

所有這一切，理論上來說，都存在於馬努爾年少時期所撰寫的一則訓誡中：「一個問題，唯有情況變得比這個問題出現之前好（不是相同）的時候，才算是解決了。」門廳和薩撒烏里耶這些事是這段格言的實踐。而那名鎮暴警察是觸發這一切的導火線。馬努爾怎麼能夠不愛他。

馬努爾補充說，一直以來他都祈求他拿螺絲起子刺的那一下沒有對鎮暴警察造成嚴重的傷害，說要是他害他的大恩人受重傷，他是永遠也不會原諒自己的。事到如今，我不得不把故事剩餘的部分告訴他。無論這中間發生了什麼事，那名鎮暴警察最後還是被人殺死了。

這個消息令馬努爾難過得不得了，我倆對話剩餘的期間，他完全不發一語。隔天，他告訴我說那天晚上他把他的螺絲起子插在葡萄藤生長的土地上。他在螺絲起子上澆水，就連他自己也不曉得這麼做有何用意。「願你安息，一如你『帶來』的寧靜。」他對著空氣說。這天晚餐他不像平常一樣只吃一顆梨子，而是吃了兩顆，向鎮暴警察致敬，替他送別。

27

馬努爾成了一名流亡者，如今他被赦罪，終於被授與結束流放的許可。而他的答案是不，他已經沒興致回去了，要留在他所在的地方。

我和不動產公司談好，請他們去申辦電力和網路，不然我向他們承租的這棟屋子被大火付之一炬，根本沒辦法開始整修。有如工程師的馬努爾會再把電力和網路轉移至他的住處。對他而言，導入公用的高功率電力，就像是在家中安裝了一個水力發電廠。然而，一段時間以後，馬努爾又跑回去用他之前使用的匱乏電流。

接通電力和網路，加上一台平板電腦和一支手機，馬努爾可謂是應有盡有，面面俱到。他的新心智遊戲的範圍變得非常寬廣（舉例來說，他有成千上百本書可以閱讀）。他那寒酸的口糧也變多了。他現在不用像逃犯過著不光彩的生活，走出地下生活後，賺錢對他來說也容易了許多，雖然他的收入仍少得微不足道。

事情就是如此，馬努爾繼續替老外上課。他的大基金——他從前在馬德里存下，原本要拿來租那間小到不行的隔間的小錢——還剩下許多，但被他一點一滴地啃噬著。他收到了新的酬勞。有一天，跟其中一位老外學生用西班牙語聊天時，老外開始說起馬努爾在廣播聽來學會的英語。那傢伙好似在英國布里斯托的一間化學公司，或者諸如此類的企業上班。

聊著聊著，馬努爾透過這位學生居中介紹，應徵了一份不須直接與人接觸的打工，替一間製藥公司把文件翻譯成西班牙文。這工作幾乎可以說是間接與人往來，說是不與任何人接觸也不為過，跟任何一件他所從事的活動一樣，孤獨到叫人著魔的地步，就像是自己跟自己下棋，隱居在自己內心深處，對抗自己的缺點。他不會收到任何人的消息，也不會有任何人對他有意見。

馬努爾賺的錢非常少。非常少，但夠他生活。他透過遠端收取薪資，匯入一個基本活存帳戶。他是為此特地開這個帳戶的，大基金剩餘的錢，我也替他匯進這個戶頭。我透過一貫的方式張羅他所需的少量糧食，他依舊澈底避免與上門宅配的送貨員碰到面。我找到幾份零工，手頭上有些閒錢，偶爾會替他準備一些小錢和換洗衣物，包成包裹給他（已經是透過一般的郵局寄送了）。等到下一個包裹寄到他手上時，我前一次塞給他的小錢他可能都還沒花完。他完全不和任何人見面。

他開始專心栽種東西，一季一季地種，犯了許多大錯，也把這些錯誤記錄下來，從中好好學習。他依舊對崇高的農業哲學一無所知，有一些概念既搞笑，又值得讚揚，他搞不好聽過，比方樸門農法、長壽飲食法和生物動力農法。馬努爾只是一把抓起種子，把種子塞入一小片土地中，沒有其他意識形態的用意。不過，他的萵苣倒是種得不錯，看起來長得頭好壯壯的。

*

不動產公司沒有特別說什麼，但搞不好哪天他們會取消讓我承租這個曾經是藍色房屋的火堆。他們會氣得火冒三丈，因爲我答應要整修房屋，卻連一塊瓦礫都沒挪動過。搞不好之後會有人跑來，堅持要蓋座游泳池，玩得嘩嘩作響水花四濺，挑戰馬努爾的耐心。雖然今天我無法想像，但甚至也許幾年後馬努爾也會厭倦這片小園地。

無論哪種情況，馬努爾只需要前往另一個薩撒烏里耶，和現在的薩撒烏里耶一樣重要的薩撒烏里耶，甚至是不比現在的薩撒烏里耶來得有分量的薩撒烏里耶。西班牙全國廢棄的城鎮數量越來越多，人們常以「荒無人煙」和「空無一物」來形容這種土地，每每提起這件事，口吻總是痛苦。對馬努爾來說，這些廢棄城鎮「還太少了」。照理來說還可以有更多，一切都是可以改善的，不過啊，可供挑選的地點可是一點都不少。成千上百的鬼鎮，成千上百的選項，馬努爾永遠都不缺。

在比喻的意義上，馬努爾想著蒙古。蒙古是地球上人口密度最稀疏的國家之一，每平方公里的範圍內只有兩位國民。那是多迷人的莊園啊，好一個安樂鄉，只需注意別跑到人口數非常接近平均值的區域落腳就好。看看馬努爾會不會跑去東亞找一片屬於他的平方公里，加入那兩位代表人口密度的傢伙。

我們大家都有機會成爲私穀族。但馬努爾背對一切，用他的屁股對著全世界，若說這整場鬧劇之中眞正的超級私穀族是他，聽起來也不會不合理。對許多男男女女而言，陷入盲目且封閉式流亡的馬努爾缺乏社交性，不受人歡迎。他不是一個普通的私穀族，而是最私穀族的私穀族。

但各位別誤會了，馬努爾就算是私穀族，也會是一個特殊的私穀族，沒有人會爲他的私穀行爲所苦。他待在他那與世隔絕的牢房內，沒有人需要忍受他。他的惡習會變成美德，因爲只有受益人（他自己），而沒有任何人受到傷害。由於不可抗力因素，他的與世隔絕並沒有害任何人受到損傷，也沒有害任何事物受到傷害。

他的私穀性可以造成的後果，差不多就跟一把鑽頭少了電鑽、插座、操作工人和可以打洞的牆壁所能造成的後果差不多。他的彈藥沒有人類和場地可以施展，總是處於失效的狀態。他自己如著魔般負責處理這一點，擺脫社交生活這份工作他是不會交給任何人的。這個活兒，馬努爾全包了。也許他會成爲一個私殼族，但少了對象，他成爲私殼族的方式是最不屈辱的方式。

這讓我想起找不到頭入侵的頭痛。沒有人爲此所苦，沒有半顆阿斯匹靈必須產生化學反應，沒有任何一句「哎唷喂呀」會發出來。馬努爾變成私殼族，就像是對一個拳擊沙袋施暴、侵占自己的帳戶或是誹謗一隻蒼蠅。這些舉動應受譴責，然而，其傷害找不到可以投宿的對象。這些舉動因爲受害者無法出面而顯得空洞。時至今日，馬努爾是一個不懷有惡意的人，因爲他缺少可以行使惡意的人類對象。

任何數字乘以零，都等於零。一個私殼族乘上零位對象，也等於零，也等於馬努爾想要成爲的零。在一個沒有維度、不分左右邊的刻度中，這個零一點用處也沒有。

＊

現在我講述這一切，是因爲我一直以來都好想到薩撒烏里耶去。昨天我終於去了一趟。我老是在想要怎麼過去那兒，我在駕訓班學習的成果從來都不是很好。我告訴馬努爾我有意過去抱抱他，一說也是說了好幾個月。最終，我們約定好日期和時間。

我一直以來都只曉得用我的雙腳通勤，以後也是，我花了時間和心力思考有誰能夠帶我過去薩撒烏里耶，唯一想到可以拜託的人，是我那個剛考到駕照的大兒子。我編了一個藉口，說我在網路上讀到有個地方長了幾片虞美人，看他願不願意陪我去賞花。等到了那附近，我再甩開他，因爲我想要自己去薩撒烏里耶。和我兒子提議前，我必須鼓起勇氣，因爲打從好幾年前開始，我們父子倆的往來便少之又少，而且我曉得這趟旅程光用聽的就知道是愚蠢到了極點。

他說好，然後我倆便上路了。一路上我兒子聊著他的事情。我回想起嫜姬和她的家人，想起他們的那些有的沒有的設備、他們聽的音樂，以及他們塗抹在鼻子上的乳霜。我的這個兒子跟嫜姬是同一類人，我確定了。一路上我絞盡腦汁，苦思要如何在馬努爾看見我之前擺脫我兒子，不然看到他尷尬，我也尷尬。另一方面，我不希望這次重逢有第三者在場。

還差一公里便抵達時，我假裝想到一個好點子，要兒子在這裡放我下車，然後去某個村子找個商店張羅午餐。這個提議讓他很不高興，因爲聽起來謊話連篇，鬼才相信。事實上也是，但我根本沒差。我倆就這樣講好了，抓了兩個小時的時間，之後在他放我下車的地方集合，然後再找個樹蔭下一起吃午飯。

我徒步抵達薩撒烏里耶。漫步於這個村莊時，我自豪馬努爾所見過的東西正映入我眼簾，很得意來到這個他爲自己量身打造人生的舞台上。我嗅到附近曾發生火災所殘留的燒焦氣味——現在應該說是我那棟被燒毀的財產了——循著味道找到馬努爾的家。屋子就聳立在那兒，有如一棟破敗的神殿，駝背般的屋脊上有著一團黑黑的玩意兒，暗示可能有人潛伏居住其中的跡象。我發現大門開著，便走進屋內。

馬努爾不在家。他在桌上留了一張字條。紙張上頭寫著的不是「我馬上回來」或是「我人在湧泉台那兒」，而是「我非常愛你」。

這時，我突然意識到他是不會現身了，而且我永遠也不會再見到他了。我先前腦筋不夠敏銳，沒領會到爲什麼他幾乎不打電話給我，爲什麼他不常接聽我的來電，爲什麼我成功攔截到他時，他總是一副有氣無力的模樣。我先前腦袋不夠聰明，沒發覺他不計後果，決心要將他的與世隔絕昇華到無以復加的地步。然而，我不機靈，沒發覺馬努爾已經無法與任何人往來了。就連我，他也沒辦法見。

我非但沒有覺得煩，反而覺得是我打擾了他。換作是別人對我做同樣的事，我就不會再跟他說話了。馬努爾如此對我，而他決定不再和我說話，令我心痛得要死。然而，我確定這是他想要的，確定他這是在做他該做的事，一直以來他都有這麼做的傾向。就這點而言，我希望自己能夠變得像他一樣。

我在他的家裡逛了一圈，看見通話時間他跟我聊過的一切。我感受他僭越的貧窮、他以時間形式存在的財富，以及他對寧靜的貪得無厭。所有的一切都令人感受到強烈的恐懼。唯有重新閱讀他留下的字條，我才得以冷靜。

我離開薩撒烏里耶，步行來到和我兒子約好碰頭的地點。他開著車過來了，我倆坐在一顆岩石上，吃了午餐，然後回去馬德里。原本應該要去看的虞美人花田，我倆隻字未提。我想兒子沒看見我哭泣吧。但他肯定是看見了，怎麼會沒注意到。

＊

我一直都想著馬努爾，想像他在一個就連我也進不去的鐘罩型眞空腔體內。他的表情堅毅，他過的不是生日，他只是一年一年地過。

我想像他一面望著大雨，一面想著雨水大概就是許久後，某人說起「滄海桑田」時，人們會提到的「滄海」。馬努爾會繼續離群索居下去，沒有目擊者能證明他幹了什麼事。他會繼續當著隱士，無比想要獨處，甚至連上帝他都不允許出現在他的領域內。他有如某位羅馬人於公元一世紀扔下懸崖的石子，一直待在那兒，既迷失且安靜。

馬努爾大概會在二〇六〇年或二〇七〇年左右過世。某間殯儀館會通知大家：「他已經往生了，各位可以來瞻仰遺容了。」但不會有任何人等待進場，他若天上有知，也會覺得這樣非常棒。沒有半個人會出席他的葬禮，因爲我不大可能活到那麼遙遠的時候。沒關係的，他會和在世時一樣入土為安，獨自，且快樂。

或者搞不好現在這個當下他就要死了，或者今天六點已經死了，或是明天六點即將死去。對我們來說都一樣，就當作他已經死了，就當作他已經下葬了，就當作我們永遠不會再看見他的雙眼了。

——完

作者簡介

聖地亞哥・羅倫佐 Santiago Lorenzo

羅倫佐一九六四年出生於西班牙波爾圖加萊特，現居塞哥維亞內的一座小村莊，過著每日撿拾柴火、煮咖啡、炸吉拿棒和做模型的日子。當然，寫作也是他生活中最重要的一部分。

羅倫佐於馬德里康普頓斯大學（Universidad Complutense de Madrid）學習影像與劇本，並於馬德里皇家戲劇藝術高等學校（RESAD）學習舞台總監。之後成立了製片公司「工廠鉛筆」，執導如《手作》（*Manualidades*）等倍受歡迎的短片，藉由此片名暗示他對「前科技」美勞工藝和天馬行空的模型之熱愛。一九九五年羅倫佐以《蝸牛》（*Carracol, col, col*）拿下西班牙哥雅獎最佳動畫短片獎。兩年後，他發行了《媽媽好傻》（*Mamá es boba*），故事描述西班牙帕倫西亞有位有點憨又聰明的男孩，在學校總是遭同學霸凌，而父母也時常羞辱他，該片是一部苦樂交織的邪典電影，入圍倫敦電影節的費比西國際影評人獎（FIPRESCI），跌破衆人眼鏡。

二〇〇一年，羅倫佐與拿華斯（Mer García Navas）共同開設菈娜股份有限公司（Lana S.A.），專門從事場景與裝飾設計。兩人製作了黏土模型，供歐元廣告拍攝使用，並製作了《托倫特》（*Torrente*）系列電影中所出現的監獄場景。二〇〇七年，羅倫佐的電影《無名小卒的美好的一天》（*Un buen día lo tiene cualquiera*），透過主人翁的故事再次反映現今社會的集體問題：當代人在情感和不動產上的無能爲力，藉此在這個世上尋找一個容身之地（或者就片中情節來說，在一座城市裡尋找一間公寓）。

最終，羅倫佐厭倦了電影界的繁忙勞碌，決定將自身想法寄託於文學，也找到了他所追求的快樂。作品《小小孤兒》（*Los huerfanitos*）敍述一對三兄弟，明明很討厭戲劇，卻不得不演出一部作品，才能夠拯救他們的性命。羅倫佐透過這部小說向評論界證明了他的文采，賦予讀者笑中帶淚、淚中帶笑的閱讀體驗。有鑒於《小小孤兒》的成功，布萊基出版社（Blackie Books）趁勝追擊，推出精裝燙金版的《百萬》（*Los millones*），此作既有著喜劇的魅力，也有著相當悲慘的情節，故事主角中了西班牙國家彩券，卻因沒有身分證而無法領取獎金。而在《慾望》（*Las ganas*）一書中，羅倫佐再次以悲喜劇的手法帶領讀者深入「拮据」的處境。故事的主人翁貝尼托不但其貌不揚，還十分惹人厭惡，沒有性生活已長達三年，進而罹患了禁慾症候群，病症影響了他本來就不快樂的生活每一個面向。

本書《摩丑世代》爲羅倫佐的第四部小說，風格最爲純粹、最具政治意味、詞藻也最爲淸麗。這部作品的主角就和羅倫佐本人一樣，住在一個杳無人煙的村莊內，過著離群索居的生活。

文字森林 READING FOREST 文字森林系列 018

摩丑世代

Los asquerosos

作　　者　聖地亞哥・羅倫佐（Santiago Lorenzo）
譯　　者　劉家亨
總 編 輯　何玉美
責任編輯　陳如翎
封面設計　鄭婷之
內文排版　菩薩蠻電腦科技有限公司

出版發行　采實文化事業股份有限公司
行銷企劃　陳佩宜・黃于庭・馮羿勳・蔡雨庭
業務發行　張世明・林踏欣・林坤蓉・王貞玉・張惠屏
國際版權　王俐雯・林冠妤
印務採購　曾玉霞
會計行政　王雅蕙・李韶婉
法律顧問　第一國際法律事務所 余淑杏律師
電子信箱　acme@acmebook.com.tw
采實官網　http://www.acmebook.com.tw
采實臉書　http://www.facebook.com/acmebook01

I S B N　978-986-507-204-9
定　　價　350
初版一刷　2020 年 11 月
劃撥帳號　50148859
劃撥戶名　采實文化事業股份有限公司
104 台北市中山區南京東路二段 95 號 9 樓
電話：(02)2511-9798　傳真：(02)2571-3298

國家圖書館出版品預行編目資料

摩丑世代 / 聖地亞哥 ・ 羅倫佐 (Santiago Lorenzo) 著；
劉家亨譯 . -- 初版 . – 台北市：采實文化 , 2020.11
面；　公分 . -- (文字森林系列；18)
譯自：Los asquerosos

ISBN 978-986-507-204-9(平裝)

878.57　　109014253

采實出版集團 ACME PUBLISHING GROUP